谷口雅宣短編小説集 2

こんなところに……

谷口雅宣

生長の家

こんなところに……　目次

第四部　最後は童話風に……

カバー挿画――黒田さかえ
本文挿絵――著者

谷口雅宣短編小説集2　こんなところに……

第一部　こんなところに……

こんなところに……

——こんなところにいたのですね。相変わらずお元気そうで、懐かしく思います。

新庄美江《よしえ》という名前の差出人からこんな電子メールを受け取った時、吾郎は複雑な気持になった。

彼はここ一年以上、自分の運営するホームページ上で、ほぼ毎日のように文章を書き続けていたから、時々それを読んだ人から簡単な感想をメールでもらうことがある。しかし、最近は書くペースがやや遅くなり、毎日書くはずが一日置きや二日置きになっているので、メールでの反応の数も減ってきていた。だから、新しい読者からの反応は嬉しかった。が、その一方で「またか」とも思った。というのは、メールの差出人は自分の氏素性《うじすじょう》を明らかにしないことがほとんどで、返事の書き方に困ることが少なくないからだ。この「嬉しさ」と「困惑」の混ざり合った感情が、もう半年以上続いていた。

熊沢吾郎は、東京に住む四十五歳のフリーランス・ライターである。だから「書く」こと自体は苦痛でないが、「何を書くか」にこだわり始めていたのだ。ホームページの文章は当初、メモや日記代わりに、主題を自由に選んで書いていた。やがて固定読者がつくようになると、しかしその読者から「あれを書いてほしい」「これについてどう思うか」などと要望や質問が来ることもある。そういう反応は、新たな発想を引き出してくれることもあるので有難い反面、原稿の締切日が近い時など、煩《わずら》わしく感じることもあった。だから吾郎は、ホームページを通した読者とのつき合いは、ほどほどにしようと考えていた。

そんな時、新庄美江からメールが届いたのだ。

吾郎は、差出人の名前に見覚えがなかった。だから、この思わせぶりな書き方に戸惑ったが、メールの最後に「旧姓　星野」とあるのを見て、埋もれた記憶がゆっくりと蘇《よみがえ》ってきた。

　指折り数えてみると、それはもう七年も前のことだった。兵庫県の市民団体から先端医療について講演を依頼されて神戸に行った時、宿泊先のホテルに一人の女性から電話がかかってきた。

「大学時代の友人で、星野美江といいます。今は新庄になりましたが」とその女性は言った。

「ああ星野さん……」と言ったとたん、吾郎の頭は学生時代にもどっていた。

　美江は、大学時代の同人誌グループの仲間だった。吾郎が、二人の男友達と相談して「同人募集」の張り紙を大学構内の掲示板に出し、それを見て集まった三、四人の中に、星野美江がいたのだった。それ以後、同人誌仲間で週二回ほど集まり、学生食堂の片隅で当たりさわりのない合評会をやったり、喫茶店で延々と無駄話を続けているうちに、吾郎と美江はお互いに何となく好意を感じているのに気がついた。しかし、それ以上のことはなかった。吾郎には当時、別に本命の女性がいて、それを知っていた利巧な美江は、あえて危険を冒さなかったのである。

電話口の美江は、市の広報紙で吾郎の講演会のことを知り、もしかして自分の知っている人かと思い、宿泊先を調べて電話したのだと言った。そして、

「もしよかったら、今晩会っていただけませんか?」と言った。

ぶしつけの申し出に吾郎が答えに窮していると、彼女は続けて、

「ちょっと悩んでいることがあって、話だけでも聞いてもらえたら……」と言った。

その言葉を聞いて、吾郎は会う気になった。自分は単なるルポライターで、人の悩みを解決できるような人間とは思えなかったが、電話口のその声は何か切羽詰まったものを感じさせたし、また相手が旧知の間柄であるということが、彼の警戒心を和らげた。十六年ぶりの再会は、さすがに懐かしい気がした。

二人は、夜景が美しいホテル最上階のバーで会った。

美江は、健康そのものといった学生時代の体軀《たいく》から一回り痩せた感じだった。二十歳のころの艶《つや》やかな頰《ほお》はそこにはなく、見慣れない曲線が一本、目の下から頰にかけて走っていた。三十七歳ならばこんなものか、と吾郎は思った。その美江は、

「あなたは少しも変わらないわね」と吾郎に言った。

彼は喜んでいいのか抗議すべきか判断がつきかねたので、口をへの字に曲げて肩をすくめた。

美江は結婚して九年になり、小学生の男の子がいた。吾郎も七年前に結婚して、子供は二人いた。そんな二人が、空白だった十六年の自分史を互いに一通り説明し終わると、美江がポツリとこう言った。

「夫婦って何だろうって、最近思うの」

ずいぶん重い質問だと感じて、吾郎は返事を考えあぐねていた。すると美江は続けて、

「ダンナには経済的に何の不満もないけど、愛情を全然感じないわ」と言った。

「それって、話をあまりしないってこと?」と吾郎は言った。

「話はするけど、いつも同じ会話……」と美江は言った。「共通の話題がほとんどないの」

美江の夫は一流商社に勤めるいわゆる〝仕事人間〟で、家庭のことはすべて妻に任せ、自分は出世街道をまっしぐらに進んでいる、と美江は言った。休みの日は一日家で寝ているか、早朝から接待ゴルフに出ているという、典型的な滅私奉公タイプで、近々課長に昇進する話があるのだという。

「それはいいじゃないか」と吾郎が言うと、

「ちっとも良くないわ」と美江は脹《ふく》れっ面をした。「妻や子どもの方は全然向いてくれないんだから……」

「じゃあ、どんな状態ならいいと言えるの？」と吾郎は言った。

「普通のお父さんでいい！」と美江は眉《まゆ》を上げ、それから視線を落としながら眉を下ろした。「妻の毎日に興味をもって、子どもの将来も考えて、休日には食事に連れて行ってくれて、たまには夫婦で一緒に飲みにいって……」

「そういうことは、ダンナさんに言ってみた？」と吾郎は訊《き》いた。

「最初は何度も言ったけど、面倒くさいとかお前に任せるの一点張りよ」と美江は言って、持っていたカクテル・グラスをカツンとテーブルの上に置いた。

吾郎は、自分が仕事に没頭していたつい数年前のことを思い出していた。今でも仕事に熱心なつもりだが、その頃は「仕事」しか頭になかった。「家庭」は仕事という戦場から帰還した兵士が、優しい妻の膝枕で休む所——そういう感覚で生活していたら、妻の態度がだんだん冷たくなった。そして何度か二人でぶつかった後、彼は妻の要望を理解し、仕事一辺倒の自分の生活を改めた。その時思ったのは、結婚したということは結局、妻と二人で人生を作りあげる選択をしたのだから、この関係を犠牲にした人生を望んではならない、ということだった。簡単に言えば、吾郎は「妻ときちんと向き合おう」と決めたのだった。

そういう気持に美江の夫がなることが、この夫婦の場合いいことなのかどうか分からなかったが、吾郎は「やっぱりダンナさんともっと話し合う必要があるよ」と助言して、美江と別れた。

そんな邂逅《かいこう》から七年たって、今度は彼女から電子メールが舞い込んだのだ。

――こんなところにいたのですね。相変わらずお元気そうで、懐かしく思います。

そういう美江の言葉は、神戸での彼女の印象とは少し違っていた。七年前は夜だったせいか、暗くて荒《すさ》んだ感じの印象を受けたが、今回は、明るく笑った素直な美江――むしろ、二十三年前の学生時代に近い彼女が、メールの文面から感じられた。

その後、吾郎と美江の間にはメールのやりとりが数回続いた。その中で嬉しかったのは、七年前の神戸での話の後、美江が自分の思いを夫に伝える努力を真剣にやって、成功したという話だった。感情が高ぶってきつい言葉が出た時などは、あとから手紙やメールを書いて謝ったり、自分の気持を説明したという。また夫婦で共通の趣味を見つけたらしい。吾郎が驚いたことに、それは料理だった。美江は昔「料理は嫌い」と言っていたのに、今では夫の上司を時々夫婦で家に招き、二人の腕前を披露することもあるという。

もう一つ、吾郎が驚いたことがあった。それは、美江はつい最近まで、吾郎の自宅のマンションからほんの目と鼻の先にある十九階建ての貿易会社のビルに通っていたということだった。吾郎は、そのビルのすぐ脇にある神社の境内を通って図書館に行くことも多かったし、近くのレストランで妻と昼食を共にすることも少なくない。美江は美江で、昼休みに同じ境内を散策したり、同じレストランで食事をしたりしていたはずだった。ひょっとしたら、二人は実際、通りで擦れ違ったことがあったかもしれなかった。でも、お互いに相手が近くにいることなど夢にも思わなかったから、注意を払わず、したがって気がつくこともなかったのだろう。そして、何年ものあいだ、まったく他人同然に生きていたのだった。

「他人」とは本来そういうものかもしれない、と吾郎はふと思った。

自分と美江は、青春時代の一時期に共通の体験をもった。しかし二人は、その後十六年を無関係に生きた。そして一度、神戸のバーでグラスを合わせ、数時間会話し、あとは東京の同じ街角の、同じレストランで食事をしても、あるいは同じ日に、同じ神社の、同じ一輪のツバキを眺めていても、お互いに他人であり続けたのである。

そして、翻《ひるがえ》って考えれば、自分は実に多くの他人と一緒にこの街に住んでいる。同じ通りを歩き、同じ店で買い物をし、同じカフェのテーブルにつき、同じメニューの食事をしている、と吾郎は思った。しかし自分は、こういう人々を何か「自分とは別」と考えて排除して来なかっただろうか。彼らとは共通項が何もない、と感じて来なかっただろうか。しかしそれは本当ではなかった。彼らと自分には、同じ街にいるというだけで多くの共通点があり、数多くの共通体験がある。しかし、それだけでは「他人」の関係なのだった。それは、メールが来る前の美江と自分の関係と何も変わらなかった。近くにいても無縁の人だ。しかし、笑顔やちょっとした挨拶など、どんな形でもいい――「心の交流」さえ起これば、彼らは誰でも、いつでも自分の友人になりえるのではないか。

この結論は、吾郎にとって新鮮な驚きだった。よく考えてみれば当たり前のことだったが、ルポライターの自分は、人間関係の裏に、何らかの利害関係を想定して考える傾向があった。人が他人に近づくのは、何かの利益を得るため。あるいは、人間関係はギブ・アンド・テイクがなければ成立しない、という類のものの見方だ。しかし、人と人との間には、わずかな心の触れ合いだけで十分なこともある。美江とあの数時間の会話があったために、彼女の人生の方向が決まった。それは同時に、彼女の夫の人生の方向転換でもあった。また、「愛情を確かめ合う」というような大げさなものでなくても、単に「いいお天気ですね」とか「春になりましたね」という言葉を交わすだけで、人は十分幸せを感じることもある。

——こんなところにいたのですね。懐かしく思います。

それだけの言葉で、人生は急に豊かになるのだった。

＊

熊沢吾郎はその日、取材先から帰る途中、表通りの花屋に寄ってスイートピーの花束を買った。家で自分の帰りを待つ妻に贈るためだった。吾郎がこんな行動をとることは滅多にない。が、その日の彼は、なぜか妻を喜ばせたいという思いに勝てなかった。

花屋の主人がピンクと黄色の花を透明のセロファン紙でガシャガシャと包んでいるのを横目で見ながら、吾郎は自分の心臓が高鳴っているのに気づいた。こんな年齢になっても、胸が躍《おど》ることもあるのだ、と彼はそんな自分に驚いていた。妻とは二十年近く生活をともにしてきたが、近頃はお互いの思いを通わせる機会が減っていると思った。いつも顔を合わせている相手と他人同然なのは、人生を無駄に過ごしていることになる——これが、吾郎が美江のメールから学んだことだった。

花束を受け取った彼は、足取りも軽く夕暮れの坂道を下っていった。

手紙

ある二月の夕方、東京・調布市の自宅マンションにもどった手塚稔《みのる》は、変な手紙が届いているのに気がついた。それは、他の何通かの郵便物と一緒に、狭い郵便受けに押し込んであった。どこにでもある小型の茶封筒に、手書きのまろやかな文字で宛名が書かれてあったが、差出人の名はなかった。

その日は土曜日で、妻の啓子は高校の同窓会で帰宅が遅くなると言っていたから、手塚は一人で夕食をするつもりだった。部屋に入り、居間で茶封筒の封を切ると、中からはB

5判の普通の便箋が出てきた。その真ん中に縦書きで、こう書いてあった。

――あの人を生かしてください

なんだこれは、と手塚は思った。誤配かと考えて封筒の表書きを眺めた。が、確かに自分の名前と住所が、マンションの部屋番号も含めて正確に書いてある。どうも女性の筆跡のようだが、心当たりが思い浮かばない。封筒の消印は「東京中央」と読めたから、東京中央郵便局だと思った。

手塚稔は、赤坂のデザイン設計事務所の課長をしていた。だから、真っ先に考えたことは、部下の女性社員の誰かが、好意を寄せている人のために書いた、という可能性だった。「生かして」とは、「能力を生かしてあげて」という意味だろうと思った。しかし、しばらく考えてみても、手塚は部下の誰かを特に冷遇しているつもりはなかった。冷遇とは、能力がありながらそれを認めて使ってやらないことだろうが、会社自体が仕事を思うように取れない昨今は、ある意味では社員全員が冷遇されているのだ。仕事でフル回転している部下などいない。あっ、一人だけ――と彼は思い出した――妙に仕事に積極的で、手塚にいろいろな提案をしてくる男がいた。この手紙は、その男の提案を取り上げてくれという意味だろうか、と彼は思った。

休み明けの月曜日に、手塚は「斎藤」というその男を昼食に誘った。仕事に不満があるのかどうか、実際に話をして確かめるつもりだった。雑居ビルの中の和食店で、手塚はサバの味噌煮定食をつつきながら斎藤に言った。

「最近、調子はどう？」

「ああ課長、あまり変わりませんね。アイディアはあっても仕事はナシですから……」と、斎藤はうどん定食に添えられた稲荷寿司をほおばりながら言った。

「君のアイディアを仕事に生かせなくて、すまないと思ってるよ」と言って、手塚は上目づかいで斎藤を見た。

「全然……」と言って、斎藤は湯飲み茶碗の底を見せて茶を一気に飲み、その茶碗を机に置きながら「気にしてませんから」と言った。忙しく動く男だが、嘘ではなさそうである。

手塚は、別の方向へ探りを入れた。

「ところで、課の人間で最近、不満を言うものはいないか？」

斎藤はちょっと緊張した表情をしたが、すぐに笑顔をつくって答えた。

「仕事が少ないという不満以外は知りませんね。でも、仕事がなくても給料もらえるんですから、贅沢な不満ですよ」

これじゃ埒《らち》があかない、と思った手塚は、それ以上の追及はやめた。

月曜の昼にこんな会話をしてから、手塚は手紙のことをしばらく忘れていた。が、次の土曜日、妻の啓子と外で遅い朝食をすませ、自宅にもどった時、彼女は届いていた郵便物の中から一通を取り出し、「これはあなたあてよ」と言って差し出した。小型の茶封筒に、丸みのある見覚えのある筆跡。封筒の裏には、やはり名前がない。手塚は一瞬、前週のことを妻に話そうかと思った。が、他の郵便物に気を取られている彼女を見て、「まだいいか」と考えた。

やがて啓子は、「バルコニーの植物に水をあげてくるわ」と言って居間を出ていった。

手塚は居間で手紙の封を切り、中をあらためた。

――あの人を生かしてください

同じ言葉が、便箋の真ん中に一行だけ書いてある。

妻がこんな細工をするだろうか、と手塚はふと思った。封筒の消印は前回と同じ「東京中央」だ。きっと東京駅前の大きな郵便局だ。妻は、調布からそこまでわざわざ出かけて投函するような性格ではないし、大体、彼女は言いたいことがあればハッキリ言う女だった。

「では……?」と考えて、思いついたのは息子の智《さとる》のことだった。手塚の息子は去年大学を卒業し、今はソフトウエアの会社に就職している。大阪にいるから様子はよく分からない。智は会社選びのことも含めて、自分のことは何でも自分でやってきたから、手塚は彼のことをあまり心配していない。最近何かに悩んでいるとも聞いていない。父親としては過去に多少厳しいことは言ったこともあるが、それは中学や高校時代のことで、大学以降はほとんど不干渉を通していた。そんな彼のことを「生かしてあげて」と言われても何かピンと来ない。息子は、自分の選んだ道を生き生きと進んでいるはずだった。

その日の夜、手塚は智にメールを書いた。自分と妻の近況を書き、手紙のことには触れずに、自分が社会人になりたてのころを思い出しながら「学生時代の知識や経験を仕事に生かすことは、案外難しい」などと書いた。もし息子に仕事上の悩みがあるなら、返信時に何かを書くとっかかりをつけてやろうと思ったのだ。

週が明けた月曜日の昼に、手塚は部下の斎藤から珍しく相談を持ちかけられた。前回声をかけたことで、彼の方から何かを打ち明ける気になったのだろう。頼りにされていると思うと、手塚は何となくうれしい気分になった。しかし、相談の内容は手紙のことと無関係だった。少なくとも、表面的にはそう思えた。斎藤は、つき合っている女性から結婚を迫られているのだが、今ひとつ踏ん切りがつかないというのだった。

——もしやその女性が手紙の主か——と手塚は思ったが、彼女は斎藤の大学時代の友人で、会社とは関係がないという。そんな人間が、手塚の自宅のマンションの部屋番号まで知っている可能性は少ない。手塚は、自分の結婚の際の決断を思い出しながら、親身になって斎藤に助言した。

翌日の火曜日、会社でパソコンを使っていた手塚は、息子の智から電子メールが届いていることに気がついた。数日前に自分が書いたメールへの返事だが、半年ぶりに息子の近況が分かり、父親としてうれしかった。息子は、思っていたとおり伸び伸びと生きているようで、学生時代の経験については「十分役に立っている」と書いてあった。この息子と手紙の主も、関係がなさそうだった。

――では、いったい誰が？……という疑問が残ったが、彼は次にこう考えた。

この手紙は、単なる人違いだ。自分のマンションには二十所帯が住んでいるが、この中に別の「手塚稔」がもう一人いるに違いない。宛先に自分の部屋番号が書いてあるのも、単なる間違いだ。自分の番号は「４０２」だが、「２０４」とか「３０２」とか「５０２」へ行くべき手紙が、差出人の記憶違いのおかげで自分のところへ来てしまうのだ。だから、誰が差出人であったとしても、自分とは無関係だから気にする必要はない。この説明に納得して、手塚はその後のウイークデーを平安に過ごした。

三回目の手紙は、しかし同じ土曜日に、同じ体裁でやってきた。

手塚は、今度はためらわずに妻の啓子にそのことを話し、前の二通と一緒に彼女にそれを見せた。啓子は眉《まゆ》をひそめて、「ちょっと普通じゃないわね」と言った。

確かに偏執狂的なところが感じられる。同じ相手に、同じ文面の手紙を、同じ土曜日に、同じ郵便局から三回続けて送るという行為の背後には、何か異常な執念がある。そういう執念の対象になるということは、あまり気持のいいものではない。これが単なる人違いによるのであれば、この気味悪さをすぐにも払拭《ふっしょく》したい——そう考えた彼は、啓子に自分の考えている〝人違い説〟を披露した。

「手塚という姓の人は、私たちのほかにはこのマンションにいないわ」と、彼女は即座に言った。玄関ホールに集まって並んでいる郵便受けの氏名を、彼女はきっと全部憶《おぼ》えているのだろう。

「しかし、同棲している人とか、夫婦別姓というケースもあり得るだろう?」と手塚は言った。

「あり得るけど、レアケースでしょう」と啓子は言った。

確かにそうだ、と手塚は思った。姓だけでなく、名まで同じ男が同じマンションに二人いる確率はかなり低い。

「でも、ちょっと調べてみる」と啓子は言った。

新しい週が始まり、仕事に気を取られるようになると、手塚は手紙のことが気にならなくなってきた。そんなことより彼が注目したのは、前週に相談に乗ってやった部下の斎藤が、火曜日の朝、同僚の中野という中堅社員をともなって新企画をもってきたことだ。彼は、前にも何回か仕事のアイディアを提出したことがあったが、どれも皆、自分一人でやるプランだった。同僚と協力してやるよりは、〝自分の手柄〟にしたいという意図が見え隠れしていたから、課長の手塚としては採用を控えていたのだ。が、今回の斎藤は「一皮剝けた」という印象だった。

理由を尋ねると、彼は、

「いやぁ、このまえ課長に相談に乗ってもらって、物事は一人で悩むよりは二人で考える方がうまく行くと感じたんです」と言って頭をかいた。

その日の夜、手塚が家に帰ると、啓子が妙に朗らかな顔をしてグラビア雑誌みたいなものをテーブルに広げていた。そして、

「あなたの仮説は、全部外れたわ」と言った。

何のことか訊《き》いてみると、彼女は同じマンションの２０４号、３０２号、５０２号を訪ねて、「手塚稔」という名前に心当たりがないか尋ねてみたというのである。そして、いずれの部屋の住人も心当たりはないと知ったのだ。これであの手紙は、手塚を知っている

誰かが、何かの目的で送り続けている可能性がいよいよ強まった。

「それにしては、明るい顔をしているね」と手塚は妻に言った。

「ああ、それはね」と、笑顔の妻はテーブルに広げていた印刷物を手に取りながら、「302号の鈴木さんのお宅へ行ったとき、これをもらったの」と言った。

それは薄っぺらの雑誌風のカラー印刷物で、表紙にはインドか中近東の子供数人の顔が大写しにされ、その上に「この子たちを救ってください」と書かれていた。

「それ、行った先で勧められたの?」と、手塚は訊いた。

「そうじゃなくて、私からお願いしたの」と妻は言った。「マガジンラックに突っ込んであったのを見つけて、ハッと気がついたのよ」と彼女は言った。

「何を?」と手塚は言った。

「だって、あの手紙の言葉と似てるでしょ?」と啓子は言った。

——あの人を生かしてください
手塚はその言葉を思い浮かべた。確かに似ていなくはないが、それとこれとを結びつけるのはかなりの飛躍だ、と彼は思った。

「論理的にはつながらないと思うけど……」と手塚は妻に言った。

「私もそう思うけど、それでもいいのよ」と啓子は肩をすくめた。そして、「気になってたことを実行する気になったから」と言った。

彼女が気になっていたのは、テレビや新聞で見る世界の難民の子供や、エイズで死んでいく子供のことだった。あの子たちに人間らしい生を与えてあげられたら、という思いがあった。そんな思いは、ニュースに触れるたびに起こるのだが、忙しい日常生活に紛れてすぐ忘れてしまう。そういう惰性を断ち切るきっかけを、あの手紙が与えてくれたというのだ。

「ずいぶんな進歩だね」と、手塚は笑いながら言った。

言ってから、自分の口から出た「進歩」という言葉に引っかかった。そう言えば、自分もあの手紙のおかげで進歩があった。仕事に新展開があったし、斎藤といい関係になった。息子とも交流が深まった。その発端は、「人を生かしているか?」という問題意識が生まれたからだ。それは、手紙の差出人の意図とは恐らく関係がない。が、相手が出てこないのだから、自分の好きにその意図を設定するのも一つの方法だ。単なる詮索《せんさく》はやめて、そういう積極的な生き方を選んだ妻に、手塚は密《ひそ》かに感心した。

啓子はその日、一万円を難民救済用に家計から取りおいておくと言った。手塚は、自分は仕事の面で何かをしようと思った。斎藤以外の部下の話も、よく聞いてやろう。次の手紙が来るまでに、何か一つ「人を生かす」努力をしよう——そう決めると突然、土曜日の手紙が待ち遠しく思えてくるのだった。

（本編は、阿刀田高氏の短編作品「あの人をころして」に触発されて書いたものです）

出迎え

午前八時五十分、ＫＳエンタープライズ本社ビルの車寄せに降り立った近藤正喜は、人造大理石を敷きつめた正面玄関の広い空間の隅の方で、一人の清掃作業員が自分に向かって深々と腰を折って挨拶するのに気がついた。

ふだんの朝は副社長の長谷川や総務部長の新名《にいな》、それに秘書室の佐伯展子《さえきのぶこ》など数人が出迎え、車から降りて歩き出す近藤を取り囲むようにして、その時の世界情勢、為替レート、金融市場、ニューヨークやロンドンの株式市場の動向などを、歩きながら手短に報告する。

さらに、社長室のある五十一階へ上る高速エレベーターの中では、社内の情報などを話す。だから近藤は、玄関の隅にいる人のことなど気にかけたことはなかった。しかしその日にかぎり、長谷川と新名が二人とも出張などで出社しておらず、代役をするはずの重役が不慣れで、玄関の外ではなく、内側で彼を待っていたため、一人で外にいた秘書の展子《のぶこ》が車のドアを開けたとたん、その清掃作業員の姿が近藤の視野に飛び込んできたのだった。

「あれは誰？」

ゆっくり廻る回転式ドアの中で近藤が展子に訊《き》くと、彼女は首をかしげながら「あとで調べてご報告します」と言った。

近藤は五十一階へ行くと、そのまま社長室隣の会議室に他の重役とともに入り、午前中いっぱい出てこなかった。彼が昼休みに自分の部屋にもどると、デスクの上には展子のメモが置いてあった。

——朝の清掃員はダスター社の美浦《みうら》孝さんです。

近藤は、その清掃員のことを思い出すのに数分かかった。しかしいったん思い出すと、体を二つに折ったあの深々とした挨拶が妙に気になった。その男が自分の会社の社員でないと知ると、なおさら不思議な気がした。

ＫＳエンタープライズは、ビル内の清掃をダスター社に委託して何年にもなるから、そこから派遣された清掃作業員が社長や重役の顔を覚えていることは何も不思議でない。また、自分に仕事をくれる人に礼儀を尽くすことも不自然でない。が、その挨拶が丁寧すぎる、と彼は思った。あの美浦という男が立っていた場所は、近藤が出入する正面玄関の回転ドアからは十メートルも離れており、そこで頭を下げても、普通は出入の人影に遮られて近藤からは見えない。それでもいいと考えて挨拶をしたのだろうか。それとも、今日はたまたま近藤から見える位置にいたから挨拶したのだろうか。あんなに丁寧に……。

翌朝出社した近藤は、車が道路から車寄せに上るわずかな振動を感じた時、その清掃員のことをまた思い出した。「今日はいるのか？」と思って建物の隅を注意して見ると、浅黄色の作業服を着た男が直立不動の姿勢で自分の方を見ているのに気がついた。前日いた位置と同じだ。近藤の車が正面入口で停まり、佐伯展子が外からドアを開けた時には、前日には出遅れた重役二人がもう近藤の前にいたから、浅黄の作業服は見えなかった。「おはようございます、社長」と出迎えの一人が言った。そして「ＯＰＥＣは昨日の総会で原油の値段を据え置きました」と付け加えた。

「うん」と近藤は言いながら相槌《あいづち》を打ち、回転ドアの方に向かった。

「円安傾向は依然として続いています」と別の声が後ろから言った。

「そうか」と言って、近藤は首を廻《めぐ》らせて浅黄の作業服を捜した。と、その男は、あの遠くの位置から、やはり前日と同じ最敬礼をしているのだった。

昇りのエレベーター内で報告を聞き終わると、近藤は展子に言った。

「昨日の人、けさもいたけど、あんな所になぜいるのか調べてみてくれないか?」

「あの人は毎日あそこにいます」と展子は言った。そして、続けて「朝の清掃が終わると、道具を片付けて、髪を整えて、社長を迎えるのだそうです」と言った。

「誰がそう言ったの?」と近藤は訊いた。

「昨日、総務部の岡田課長から聞きました。総務ではちょっとした話題になっているそうです」と言って、展子は面白そうにクスッと笑った。

「どんな話題?」と近藤が言った時、エレベーターが五十一階に止まった。

ドアが開いて、近藤と展子だけが外へ出た。歩きながら展子は答えた。

「美浦さんは社長のファンなのだそうです」

近藤は無言で社長室へ向かった。

――ファン、か……。

と彼は思った。委託先の清掃会社にファンがいても、はたしてこの社内に自分のファンはいるだろうか？　――彼の脳裏に、ふとそんな思いがよぎった。

近藤正喜は、アメリカの大手コンピューター会社からKSエンタープライズに引き抜かれ、二年前に四十三歳で二代目の社長に就任した。もちろん大抜擢である。彼は米国的な実力主義を社内に取り入れたため、有能な社員からは人気がある反面、初代社長の温厚さに惹《ひ》かれていた古参の社員たちからは、「冷たい」とか「薄情だ」とか囁《ささや》かれることがあった。しかし近藤にしてみれば、競争の激しいこの業界では、温情主義だけではとても生き残ることができないから、仕事の厳しさは、社員を路頭に迷わせないための愛情表現の一つである、と考えていた。そして、仕事はきつくても、会社の利益は賞与などの形で社員にきちんと還元していた。

近藤の自宅は、東京の目黒区碑文谷《ひもんや》にあった。静かな住宅街の中で、ひときわ高いツゲの生垣で囲まれた一角が、ソフトウエア大手のこの会社の社長の家だと知ると、多くの人は不思議そうな顔をする。その家は、瓦屋根の木造二階建ての伝統的日本家屋で、門の入口には竹の柄杓《ひしゃく》を置いた手水《ちょうず》石が見え、庭には御影石の灯籠が立っている。だから、こんな純和風の家に、アメリカ帰りの社長が住むのは似つかわしくないと感じるのだろう。でも、これは海外に赴任している近藤の友人の所有で、借家だった。

その家を近藤が出るのは、いつも朝の八時すぎだが、迎えの車は七時四十五分には来ていて、運転手が車内で朝食をとっていたりする。近藤は、清掃員の美浦のことに気づいた数日後、いつものように家を出、車に乗り、車内で英字新聞を拡げて見出しを目で追い始めていたが、路地を出た先の信号のある横断歩道のところで、歩行者の一人が自分に挨拶するのを横目で見たような気がしてハッと顔を上げた。車は先へ行くので、彼は体を右側へひねって後部ウインドーからその人物を確かめようとした。すると、遠ざかる風景の中で、スーツ姿の男が自分の方に最敬礼しているのが見えた。その挨拶の仕方は、まさに美浦なのだ。

――なぜだ?

と近藤は思った。彼は、社の玄関にいるのではないのか。だとしたら、あのスーツ男は誰だ？

近藤の疑問は、その四十分後、車が社の玄関に横づけされた時に解けた。清掃員の美浦は、そこにはいなかった。総務部の話では、その日は彼の定休日だった。だから、あのスーツ男が美浦に違いなかった。しかし、なぜ休みの日にまで……？

近藤は、美浦の行動に何か異常なものを感じ取っていた。休日にたまたまあの場所にいたという可能性はある。しかし、広い東京を散策中、目の前を偶然通った車に近藤が乗っていた、だから挨拶したなどという確率は極めて低い。それよりは、美浦が近藤の自宅の場所を予《あらかじ》め知っていて、あの場所で彼の車を待ち構えていたと考える方が自然ではないか。でもいったい何のために……？

午前中の仕事が一段落したあと、近藤は総務部長の新名を呼んで、美浦のことを話し、その行動をきちんと調べるように頼んだ。夕方になって、近藤は新名から「清掃員の美浦のことですぐに御報告したい」という電話を受けた。

その報告では——

美浦孝は、ダスター社に入って二年目になる三十二歳の独身男だった。彼は、それ以前に勤めていた会社を三年で退社していた。一つの仕事が長続きしない性格のようだった。もっと具体的に言えば、彼は「思い込みが激しい」というのが、前の会社の人事係の評価だった。一度自分が「こうだ」と思ったことは、同僚や上司がいくら「そうでない」と説明しても容易に受け入れることができなかったらしい。ところがダスター社に来てから分かったことは、美浦の「思い込み」は正常の範囲を超えているということだった。同社専属の精神科医の診断によると、美浦には「誇大妄想を含む軽度の人格障害」があるのだった。しかし同社では、この「軽度の」という言葉から、美浦を他社に派遣しても大きな問題は起こらないと判断したらしいのである。

「彼に問題があれば別の者にすぐ替える、と先方は言ってますが?」

と電話の向こうで新名が言った。

近藤は少し考えてから、

「いや、今はいい。どうもありがとう」と言って電話を切った。

思い込みの激しい人間はどこにでもいるが、その性格を理由に、真面目な人が仕事を失うのはかわいそうだ、と近藤は思ったのである。それに彼自身が、「思い込みが強い」と言われる人間の一人だった。近藤はその言葉を「信念が強い」という意味だと解釈していたから、自分の性格に問題があるとは感じていなかった。しかし、精神科医がそれを「普通でない」と考える場合があるのだとしたら、自分に自信をもちすぎるのも考えものだと思った。が、人間の信念は、一体どの程度強いと「病的」と言えるのか？

そんな近藤の疑問にまともに答えるような手紙が、まもなく来た。ほかならぬ美浦孝その人からである。

——拝啓。前略。近藤正喜社長様。

いつもお目をかけて頂き、ありがとうございます。先日会社から「近藤社長に迷惑をかけるな」などと注意されました。とんでもない誤解です。私は社長のお心遣いにいつも感謝していますから、社長には決してご迷惑をかけないように、その感謝の気持を表していることはご存じと思います。

この間、社長が私に気づいて下さったこと、とてもうれしかったです。世界を股にかけて飛び回っておられる社長が、超過密なスケジュールの中でも、私に目をかけて下さることに感動しました。ですから、休日にご自宅近くへお礼に行ったのですが、その時も、私が何も連絡しなかったにもかかわらず、社長は多くの通行人の中から私一人を見つけ出し、手を振ってくださいました。感激しました。

私は形式的にはダスターの派遣社員ですが、自分ではＫＳの社員のつもりで仕事をしています。近藤社長に拾っていただいたと感じています。ですから、清掃は念入りにやらせてもらっています。特に朝は、社長が通られる車寄せからエレベーター前までのホールを念入りにやります。ダスターからは洗剤を節約しろと言われますが、私はピカピカに磨きます。社長の履く革靴が滑らないように、ダスターには内緒で規定の洗剤とは別のものを使っています。最近、靴を替えられましたね。スニーカーのような柔らかい靴底なので、床と摩擦して少し音が出るようです。音のしないような洗剤を探してみます。ただ、私の気持を伝えたくてお手紙しました。今後ともよろしく。

ダスター社、美浦孝

これが初めての相手に書く手紙でないことは確かだった。社員を千人近く抱える会社のトップが、別会社の、名前も知らなかった男に「目をかける」はずがないのに、それを確信している点が異常なのだろう、と近藤は合点した。しかし、それ以外の点では、この男は実に丁寧で、仕事熱心ではないか。「標準」に満足できず、その上に向かって研究を重ねている。そして、自分が靴を替えたことにさえ気がついている。歩く音まで憶えていたのだ。

——近藤は、長い間忘れていた大切なことを思い出したような気がした。そういう細やかな心づかいや向上心が、最近の自分に、そしてこの会社全体に欠けていた、と思い当たった。自分は、利益と資金運用のことに気を使いすぎていて、製品のバグをなくしたり、ユーザー・サポートを充実することを怠っていた。宣伝やパッケージにも凝りすぎていたかもしれない。外から見えなくても、本当に重要なところで「丁寧な仕事」をすることが、客を満足させるのだ。明日の朝、あの男に手紙の礼を言おう、と近藤は思った。

翌朝、美浦孝は社の玄関に出ていなかった。総務部によると、彼は前日にダスター社を辞めていた。「社の方針に違反し、顧客に迷惑をかけた」という理由だった。

ボストン通りの店

私はその日の夕方、金山駅前にあるホテルの四階の窓辺に立って薄暮が近づく街を眺めながら、夜の行動計画を練っていた。

名古屋のこの界隈《かいわい》に来たのは初めてである。金山駅は、ＪＲ東海道本線、中央本線、名鉄名古屋本線、そして地下鉄名城線の四本が乗り入れる大きな駅だ。しかし、「名古屋の副都心」と言われるわりには、人通りが多くないように感じられた。多分、東京の新宿駅と比較してそう思うのだ。

私が眺めている駅前通りには、飲食店の看板が多く見える。まだ六時前だったから、赤や緑や黄色の文字が並ぶそんな店には、人は多く入っていないようだった。二人連れの若者が多いのは土曜の午後だからだろう。が、そんな中に混じって、ジャンパーに野球帽や鳥打帽姿の中年男性が、何人もやや前のめりの姿勢で早足で駅に向う。ひと仕事終えた人が家路につく、という雰囲気である。

「何の仕事だろう」

と思いながら、私はそんな人たちを目で追っていた。

と、そのうちの一人が飲食店街の外れまで行ったところで、そこの店の中にスルリと消えた。

「そうか、もう食事時か……」

と思って、私は時計を見た。五時四十八分である。夕食にはまだ早いが、早すぎるというほどでもない。私は自分の腹の空き具合を確かめた。せっかく名古屋へ来たのだから、東京でも食べられるようなものは選ぶまい、と思った。鳥の手羽先、きしめん、鰻《うなぎ》の櫃《ひつ》まぶし……などの言葉が浮かんで来る。それと共に空腹感が腹の奥から持ち上がってきた。

視線をふと別の方向に移すと、どの店からも離れた道路沿いに、標識のような横長の看板を見つけた。

「ボストン通り」

と書いてある。妙な名前だ、と私は思った。

駅周辺を歩いていたときに「大津通」「伏見通」「東桜通」などと書いた看板を見て、伝統を感じさせる風情のある名前だと思ったのだが、この名前は何だろう。東京の原宿には若者の気を惹《ひ》くためか、「フォンテーヌ通り」とか「ブラームスの小径」などという名前をつけた路地がいくつかある。また、明治神宮の表参道に「シャンゼリゼ」と命名した時期もあったが、これは余りにみっともないので後に廃止された。名古屋の人も似たような病気に罹《かか》っているのだろうか。

そんなことを考えながら、再び窓外を行く人の動きを目で追い始めた。と、あの中年男が消えた店から、男が一人出てくるのが見えた。今度は帽子をかぶっておらず、店の前に停《と》めてあった自転車にまたがったから、別人に違いない。この店はいったい何の店かと思って周囲を見たが、看板が見当たらない。それどころか、品書きや料理のサンプルを並べる棚、扱っているビールや酒の銘柄をあしらった広告灯など、普通の飲食店にあるはずのものが何もないことに気がついた。そこが飲食店らしいことを示すものは、くぐり戸の上に掛けてある無地の白っぽい暖簾《のれん》だけなのだった。

「暖簾があっても、飲食店とは限らない」

と思う。

その時、青いボンゴ車が店の前に来て、半分歩道に乗り上げるようにして停まった。中から、夫婦者らしい中年の男女が出て来て、店の中に消えた。女の方は、何かの小動物を小脇に抱えているように見えた。

私の頭の中は疑問符で埋まってしまった。

看板も出さず、広告も行わない場所に人が出入りする場合、そこは普通の民家である。それなら、まるで商店のように暖簾が出ているのはなぜか？　また、自転車で人が来て、満足気な顔で帰っていくのはなぜか？　看板や広告がなくても、充分な数の客が来るということか？　それとも大っぴらに営業できない理由でもあるのだろうか？

私はもう、その店に行くことに決めていた。食欲ではなく、好奇心がそう命じていた。

ボストン通りの商店街は、電燈をともし始めていた。

ここには歩道の上を覆う雨よけの屋根はないが、ところどころに鮮やかな色の庇《ひさし》を出した店がある。それは中国料理店だったりイタリア料理店だったりするのだが、焼き鳥屋や居酒屋、惣菜店、鮨屋、旅行社、不動産屋、コンビニ店などと並んでいても、浮き立って見えないところが不思議である。昔からそこにある店だからだろうか。

私は、そういう店の前を通りながらも、目はあの無看板、無広告の店に向いていた。とりあえずそこへ行ってみて、そこが飲食店でなければ別の店に入ればいいのである。

百メートルほど歩いて、その店の前に来た。白っぽい壁が目立つ一見民家風の家で、縦方向に細かい木の桟《さん》が入った玄関を中心に、シンメトリーの構造になっている。左右対称なのだ。玄関の左右の脇にそれぞれ一本ずつ鉢に入った大形の観葉植物が置いてある。そして、暖簾には本当に何の文字も書いてなく、下げられた位置が普通より高い。これだと、暖簾を気にせずに出入りできるはずだった。

思い切って、引き戸を開けてみた。

「こんばんは……」

と言いながら、店内に一歩踏み込む。やはりそこは普通の民家の玄関だと思った。靴脱ぎ用の石と、一段高くなった上がり框《かまち》が見えたからだ。その先には屛風が立ててあった。

「失礼しました」

と言って踵《きびす》を返したとき、

「どうぞお上がりください」

と、女性の声が言った。

振り向くと、四十代前半と思われる女性が着物姿で立っていた。目立たない化粧で、商売人とは思えない。

「あのぉ、食事できるところかと思ったんですが……」

と、私は半分逃げ腰で言った。

「あぁ、できますが、種類は多くありませんよ」

と、その女性は膝を畳につきながら言った。そして、「どうやってここを?」と訊《き》いた。

私は返答に困り、

「はぁ、何となく雰囲気がよかったんで……」

と、口から出まかせを言って笑顔を作った。

「あら、そうですか」

と言って、女主人らしきその女性は口元を緩ませた。

私は意を決して、靴脱ぎの上に立った。するとその女性は、

「お店は、あちらからお願いします」

と言って、玄関の脇の方を手で示した。

そこには、人ひとりがやっと通れるような細長い白木の扉がついていた。普通の住宅の一部を改造して飲食店にしてあるようだった。

白木の扉から奥へ入ると、そこは細長いL字型のテーブルが高い位置に設置され、鮨屋のカウンターのような店になっていた。先客が三〜四人いて、止まり木式の椅子の上で何かを箸でつついている。私は、その後ろの狭い通路を体を横にして通り抜け、椅子の一つに上った。

襷《たすき》がけをした女主人がもう目の前にいて、暖かいおしぼりをくれた。

「何にしましょうか？」

私はおしぼりで手を拭《ふ》きながら、周囲を見回した。一杯飲み屋といった雰囲気であるが、インテリアを白木と同じ色で統一してあって清潔感がある。その明るい色の店内の要所要所には、猫の絵や、写真、置物があった。

「櫃まぶし、ありますか？」

私は、もう決めていた食事の名前をメニューも見ずに言った。

「それは、あります」と、女主人は自信ありげに言った。そして、

「お飲み物は？」と言いながら、白い厚手の和紙のメニューを目の前に滑らせた。

それを手にして、私は驚いた。表紙の中央部に一匹の黒猫の模様が押してあるデザインはよかったが、中を開くと、猫にまつわる飲み物ばかりが写真入りで並んでいた。マタタビ酒、ねこまた焼酎、猫ボトルのビール、猫ラベルのワイン、キーウィーのリキュール……。

顔を上げると、女主人が目を光らせて笑った。

「うちは猫のお店なんです。お嫌いですか？」

「いや別に……」

私は返事に困っていた。嫌いではないが特に好きでもない。道端で猫に遭えば、撫《な》でる

時もあれば追い払う時もある。猫は猫で、人間は人間だと思っている。

「インターネットで猫好きの仲間と騒いでいるうちに、お店を作ろうってことになりましてね……」

と、女主人は笑う。

私はそれで合点した。看板や広告など出さなくても、ネット仲間がたくさんいれば営業は成り立つのだ。しかし、私は猫のお酒など飲んだことがなかった。

「こういうの、飲んだことないんですが……」

と私は言った。

「ビールもワインも、中身は普通のものですよ。ボトルの形やラベルのデザインだけが猫なんです」

と女主人は言う。

「ワインで何か推薦してもらえませんか?」

と、私はおずおずと訊いた。

女主人はこっくり頷くと、冷蔵庫を開けて青い小瓶を一本取り出し、

「これ、いい猫でしょう?」

と言いながら、それをコトンと私の前に置いた。

五〇〇ミリリットル入りのワインの小瓶で、尻を突き上げた黒猫がラベルの中で踊っていた。

「これは有名なドイツ・ワインで、ツェラー・シュヴァルツェ・カッツ。〝村の黒猫〟っていう意味です」

よどみないドイツ語の発音に、私は思わず女主人の顔を見た。とんがった顎《あご》が自慢気だ。

「どうして猫がワインなんです?」

そう言ってから、私は自分でも妙な日本語だと思った。しかし彼女は、質問の意味を了解したようだ。

「ヨーロッパでは、猫には魔力があると見なされていて、黒猫の座った樽のワインがいちばん美味しいんですって」

女主人は顔を紅潮させている。私は、何か気まずくなってきた。

「じゃあ、それでいいです」

会話を切り上げるために、私はそう言って女主人から目を逸《そ》らした。

ここはマニアの店なのだった。私のような部外者が入り込んではいけないのかもしれない。が、注文してしまったからには、すぐには帰れない。腹をくくるしかなかった。私は、女主人が注いでくれたワイングラスを手に持って、鼻に近づけてみた。フルーティーなモーゼルワインの香りがした。口に含むと、甘口の当たり前のワインだ。猫の味などしない。

女主人は店の奥にいったん消えてから、再び姿を現すと、私の前に小鉢を置いた。

「サルナシの胡麻《ごま》和えです」

私は「へぇー」と思った。サルナシはキーウィーの原種で、日本の山にも生えているマタタビの近種だ。食べてみるとその甘酸っぱさが胡麻の香りとよく調和している。なんとなく猫になりそうな気分だ。

女主人は、私がさほど猫に興味がないのを看て取ったのか、先客の前へ行って食器を拭きはじめた。

私は、店内に飾られた猫の写真や置物をしげしげと見ていた。その中に、黒猫が絡みついたデザインの緑色の瓶がある。先客の一人は、それと同じものを手で弄《もてあそ》んでいた。

気がつくと、その隣の中年女性の膝の上には毛足の長い猫が乗っている。

「あぁ、猫だなぁ……」

と、私はため息をついた。

猫は人に飼われたり、媚《こ》びたりするだけでなく、そのイメージだけで人間を陶然とさせている。猫はこの魔力で人間を惹きつけ、多くの生物種が絶滅する中でも子孫を着実に殖やしてきたのだ。

そんなことを考えていると、目の前のワイン・ラベルに描かれた猫の顔が、女主人の顔と限りなく重なってくるのだった。

飼育

その朝、清水慶太は、いつものように武蔵野の自宅の玄関から狭い庭を通り、門の脇に取り付けられた郵便受けまで新聞を取りに行った。四月初めのよく晴れた日で、伸びだしたばかりの庭木の新緑に気を取られていた彼は、足元の異変に気づかなかった。門までの距離は二、三十歩しかない。そこに突き出た木製の郵便受けの蓋《ふた》を開け、中にしっかりと突っ込んである新聞を取り出してから体を半回転し、新聞の活字を見るともなく視線を落としたとき、慶太は普段は見かけないものが視界の隅に広がっているのを感じた。

玄関の方向に延びる飛び石の列の脇に、灰をバケツ一杯ぶちまけたように、何か白っぽい柔らかなものが飛散していた。それは鳥の羽毛であることが彼にはすぐ分かった。だが、その量はただごとでない。中型の鳥——恐らく、よく家に来るキジバト——がネコに襲われ、そして死んだ、と彼の頭は判断した。慶太は素早く左右を見回して、鳥の死体を捜した。ぐるりと体を廻《めぐ》らして、庭の隅にも視線を凝らした。しかし、下草の間には白い可憐なハナニラの花が点々と顔を覗《のぞ》かせているだけだった。

——跡形もなく食べられたのか……

と思い、慶太は胸のあたりに赤く熱いものを感じた。

彼の庭には四、五匹の野良ネコが出入りしている。そのうちの一匹——多分、最近よそからやってきた獰猛《どうもう》な感じの三毛の牡《おす》ネコ——の仕業に違いない。波立ち騒ぐ心を抑えながら、彼は新聞を抱えて家にもどり、朝食の準備をしている妻の容子に事件を報告した。

清水夫妻と野良ネコたちの対立は、この日に始まったわけではない。もう十年も前、目の前で鳥を捕るネコの姿を目撃して以来ネコ嫌いになった容子は、庭先でネコを見かけるとすぐ追い払ったし、家の中から姿を見ただけでも、「ふてぶてしい」とか「かわいくない」などと悪態をついた。一方、夫の慶太はそれほどネコ嫌いではないが、隣家との境界に立つブロック塀の上をネコが悠々と歩いていたりすると、イヌの声を発して脅したり、近くにいる時は跳び上がって捕まえようとした。その反面、子ネコなどを見かけると、妻の目を盗んで冷蔵庫から煮干を出し、こっそり与えることもあった。が、夫妻ともども、鳥小屋の上にのぼるネコについては容赦できなかった。

清水家では五年前からブンチョウを飼っていた。今年十八歳になる一人娘の智恵がまだ中学に入ってまもない頃、「動物を飼いたい」と言い出したことが原因だ。家族でいろいろ議論したすえ、家の中があまり汚れず、手がいちばんかからない動物ということで「鳥」が選ばれた。そして「手乗り」になれば触れ合いも楽しめるという理由で、サクラブンチョウの番《つがい》の雛がホームセンターから清水家の鳥かごの中へ越してきた。手乗りにするためには、雛のときから人間が手で餌《えさ》をやらねばならない。それを、清水家の大人も子どもも喜んでやった。こうして最初の二羽は人間と親しい関係を結んだが、そのうち智恵が学校の勉強やクラブ活動で忙しくなると、「手乗り」の楽しみも次第に忘れ去られた。その一方で、二羽から生まれた卵は次々に孵化し、鳥の数は四羽、六羽と増えていった。

慶太が庭に鳥小屋を作ったのは、ブンチョウの数がついに十羽になった時だ。当初は室内で、その十羽を二つの鳥かごに分けて飼っていたが、ブンチョウは気性が荒く、狭い空間に何羽も入れるとケンカばかりし、しょっちゅうけたたましい鳴き声を上げる。また、大きく育った子が親をつつき回したりする。そういう〝非道〟の数々を人間の方が見ていられなくなったのだ。それに、これだけの数の鳥の、飲み水の交換や餌の補充を考えると、家を空けるのが難しくなった。だから、大きめの小屋を一つ造り、そこに十羽を全部入れ、餌も水も一度にたっぷり与えておくことで、人間の側の〝省力化〟をはかるつもりだった。

鳥小屋は庭に置くのだから、もちろん野良ネコの襲来は予想していた。でも慶太は、小屋に長い脚を付ければ防げると思った。地表から小屋の床まで一・二メートルもあればいいと思い、脚の長さを決めた。そして、角材で小屋の骨組みを造り、四方を金網で覆った。小屋の天井は地表から一・八メートルの高さになったから、その上にネコが跳び上がることなど彼は考えなかったのである。

が、ある日、本当にそれが起こった。慶太が、鳥小屋の近くにある部屋の窓の障子を開けたとき、目の前の鳥小屋の上に、茶色いネコが背を丸めてうずくまっていた。鳥を覗き込むネコの目は皓々《こうこう》と輝き、前足を一本上げて何かを仕掛けようとしている。彼は障子の外側にあるガラス戸を引き開けて、大声を出した。ネコは一跳びで小屋の屋根から降りると、床下の闇に消えていった。

それ以来、清水家の鳥小屋の上には、上下を逆さまにした空の植木鉢がいくつも並んだ。ネコは、窓の下にあるエアコンの室外機を足がかりにして小屋の上に跳びあがることが分かったので、室外機の上にも植木鉢が置かれた。慶太は、ネコが跳びついた時に植木鉢がスルリと滑れば、彼らも学習するだろうと考えた。しかし、効きめはあまりなかった。ネコは何度でも植木鉢を落として小屋の屋根に上がるし、いつかは、小屋の上に並んだ鉢を落とさずに上手に寄せて、そこに適当な空間を作って昼寝をしていた。

ネコが鳥小屋に上がったからといって、鳥たちの命が脅かされるわけではない。小屋は頑丈な角材で造られ、金網はネコの爪などにビクともしない。だからネコが小屋の上で何をやっても、鳥の羽一本触れることはできなかった。しかし、鳥の天敵である小動物がその意図を剝き出しにして小屋の上にいるのを、飼い主である人間は黙って見ていることができないのだった。「だからネコは嫌いなのよ」と、容子はよく言った。「ネコにあきらめさせる方法はないか……」と慶太は思った。

彼の頭は、ネコとの〝知恵くらべ〟に費やされた。彼らを撃退する方法は、すぐにいくつか考えついた。一つは、鳥小屋の屋根一面に釘や画鋲《がびょう》を逆立ちに固定しておくこと。屋根の上は下からは見えないから、ネコは恐らく一度は足を刺されて悲鳴を上げる。その学習効果に期待するのである。もう一つは、小屋に上がったネコに、もっと確実な罰を与えることである。大声を出したり追いかけたりする程度では、彼らは懲りずに何回でもやってくる。だから、例えばダーツ競技で使う矢を投げつければ、かなりの衝撃を与えるだろう。しかし慶太は、こういう方法は何か〝違う〟と感じたし、だいいち残酷だった。

人間が動物を飼う目的の中には、自分たち「ヒト属」以外の生物とも喜怒哀楽を共にしたいという願望があるだろう。また、飼育する動物に自分の感情を移入して、人間関係の中からは得られない体験を楽しむこともできる。しかし、動物への感情移入の度がすぎて、その敵である別の動物を憎み、あまつさえ傷つけるようになるのは行き過ぎだ、と慶太は感じていた。「Aを愛するためにBを憎む」のでは、愛することの喜びが憎しみによって帳消しになってしまう。

それに、自然との触れ合いを人間は必要としている、と慶太は思う。この「自然」の中には、ネコが鳥を捕らえることも含まれるのだから、鳥だけが幸せでネコが不幸になるのは自然ではないと感じた。彼がそれを言うと、妻の容子は決まってこう反論した。

「鳥を捕るネコを嫌うという人間の心も、自然の一部でしょう?」

それは確かにそうなのだが、その考えを発展させると、人間が自然破壊をする心も自然の一部だから、自然の行為であって問題はないという妙な結論にたどりつきそうだ。もちろん慶太は、妻にそんな刺《とげ》のある論争をしかけるつもりはないので、黙って自問自答を続けるのだった。

そんな時に目撃したキジバトの遭難は、生ぬるい思考から慶太の目を覚まさせるのに十分だった。

キジバトは誰が飼っているわけでもなく、どこからか飛んで来る半ば野生の鳥である。当然、ネコを警戒していただろう。にもかかわらず、何かの理由で餌食《えじき》になった。多分、ほんの少しの隙《すき》を狙われたに違いない。そんな厳しい環境ではとても生きていけない鳥――それが即ち「かごの鳥」だ。キジバトは、仲間の何羽かが運悪く餌食になっても、種全体としては自然界で存分に生きている。そういう鳥はむしろ幸せだ、と慶太は思った。それに比べ、人間に護られてぬくぬくと生きていても、大空を羽ばたけず、自然界では自分で餌も捕れないブンチョウのような鳥は、本当は不幸なのではないか、と彼はハタと気がついた。一羽のハトの不幸が、十羽のブンチョウのもっと大きな不幸を教えてくれたのである。

次の週末に、清水夫妻は連れ立って都心のデパートに行った。年末に人からもらった生地でワイシャツを仕立てるのと、展覧会を観《み》るのが主な目的だった。二人は、開店時間に合わせて早めに家を出たため、最初の目的は順調にすませたが、展覧会場は予想していた以上の混雑だった。そこで彼らは、主な展示品だけを人々の頭越しに飛ばして見ることにした。昼過ぎにデパートから出てきた二人は晴天下、近くの公園を少し歩き、新緑の間に赤い布の庇《ひさし》を張り出しているイタリア料理店に入った。

幸いにも窓際のテーブルが一つだけ空いていたので二人はそこを希望し、その日のサービス・ランチを注文した。公園は、花と緑と人々の声に満ちていた。その中で、何羽ものハトとスズメが人間の食事のおこぼれにあずかろうと地面の上を右往左往していた。その時、空の上方からギャーギャーという鳥の鳴き声が聞こえた。何羽かが飛びながら鳴き交わしているらしく、鳴き声は重奏となって頭上を左から右へ移動していく。しかし、張り出した庇のおかげで鳥の姿は二人からは見えないのだった。

「何の声かしら?」と容子が言った。

「オナガの声に似ているけど、もっと高くてきれいだ」と慶太は言った。

二人の位置から三十メートルほど先に立派なナンジャモンジャの木が一本立っていたが、やがてその木に向かって飛んで行く五、六羽の鳥の姿が見えた。黄緑色をしていて、尾が長い。「あれは何だろう?」と慶太は言った。

「オウムみたいね」と容子は言った。

それは確かにオウムか大型のインコのようだった。体長は四十センチぐらいで嘴《くちばし》が赤っぽく見えたが、もう遠くてよく分からない。オウムやインコの原産地は南米やアフリカなどだから、そんな鳥が東京の真ん中に棲んでいるというのは驚きだった。飼われていたペットが野生化したに違いない。大都会の劣悪な条件を生き延びてきた彼らを、慶太は讃嘆する気持で眺めていた。

——そういう生き方をブンチョウにも……

と彼は思った。

残酷なことかもしれなかったが、本来空を飛び回るはずの鳥を一生の間、狭い空間に閉じ込めておくことも、残酷には違いなかった。人間は、太古の昔から、自然界という「全体」の中から自分の好む一部だけを取り出して、それを近くに取っておこうとしてきた。そして、人間が好まない自然の一部は排除され、破壊され、作り変えられた。それが牧畜であり、農業であり、ペットの飼育なのかもしれない。

「人間の執着心で動物を縛ってはならない」

ナンジャモンジャの大木に向かって飛翔する美しいオウムの編隊は、慶太に向かってそう叫んでいるようだった。

翌日の朝、ブンチョウに餌を与え、水を取り替えるために鳥小屋へ向かった慶太の手には、ドライバーが一本握られていた。いつものように二つの水鉢の水を取り替え、孟宗《もうそう》竹《ちく》を縦に割って作った餌入れを小屋から取り出し、こびりついた白い糞を洗い流し、新しい餌をそれに満たした後、彼はドライバーを使って、鳥小屋の床と金網を固定しているコの字型の釘を一本抜き取った。これで、ちょうど鳥一羽が抜け出せる隙間ができた。何かとても惜しい気がした。二羽の雛から育てて十羽まで殖えた鳥たちは、やはり「自分のもの」という思いがある。特に初代の母鳥は慶太にいちばんなついていて、彼が金網に顔を近づけて唇をチチチと鳴らすと、金網越しに飛びついてくる。

慶太は、鳥に選択肢を与えるつもりだった。小屋に留まりたければ留まればいい。自分は最後まで世話をしよう。しかし、人間から逃れて自然の自由を求める鳥は、それを得る権利がある。たとえ多くがネコやカラスの犠牲になっても、この武蔵野の地で生き延びる鳥が一羽でもいれば、それが鳥の世界での幸福であるはずだった。

宙のネズミ

なまあたたかい夜だった。

田村宙は、Ｋ大の研究室から白い上衣のポケットを押さえながら出てきた。上衣はボタンをかけていないから、一歩踏み出すたびに長い裾が風に揺れる。上衣の下はＴシャツとジーンズというラフな恰好《かっこう》だったが、歩き方は爪先から前に出るような摺《す》り足で、体の上下動を極力抑えている様子だった。

大学構内には電燈は多く点《つ》いていなかったが、隣接する十階建ての白い建物から反射する街の光が、構内のアスファルトの道をぼんやりと浮かび上がらせていた。田村は、歩きながらゆっくりと体を回転させて、周りの様子を確かめると、自分の車のある駐車場へと向かった。

「誰もいない……」という安心感が、彼の歩く速度を緩めていた。

ポケットの中の右手で胴体に押しつけて保持していた箱を、田村はそろそろと引き出してみた。透明プラスチックに囲まれた狭い空間の中で、白い小動物は何ごともなかったように動きながら、鼻をひくひくさせている。彼は立ち止まり、箱を目の高さに差し上げてその動物を見つめた。

「おまえにはすまんけど、医学の発展のために一肌脱いでくれや」

田村はそう呼びかけてから、箱をゆっくりと地面に置き、自分の白い上衣を脱いだ。エアコンのきいた研究室内は涼しかったが、八月の夜はやはり暑い。そう言えば、今晩も熱帯夜だとラジオが言っていた。二週間続けてでは、このか弱いマウスでなくても体が弱ってしまう、と田村は思った。この暑さの中に動物を長居させてはいけないのだった。彼は再び箱を手に取ると、冷蔵装置のある自分の車へと向かった。

田村の車にある冷蔵装置は、理工学部の友人に頼んで特別に作ってもらったもので、トランクに収納されている。通常の冷蔵庫と違って密閉されていないから、中に生き物を入れられる。生物学者の田村にとっては、なかなか重宝していた。とは言っても、釣った魚などを入れるのではない。実験用の動植物を収納して運ぶのだ。その場合、外気やトランク内にいる細菌と触れないように、換気口の構造とフィルターに工夫が凝らしてあった。

今回のマウスの運搬に際しては、しかし特別な注意が必要だった。このマウスは「超免疫不全マウス」と言って、免疫機能が全く働かない。だから、大学でも無菌室で育てられ、直接外気には当たらない。田村が手にしている透明プラスチックのケースも、二重構造になっていて、極細のフィルターを通して空気が中に入る。しかし、フィルターではすべての細菌を遮断できないから、早く無菌状態の場所に移す必要があった。

人間のガン細胞の研究には、昔は「ヌードマウス」という毛のない、裸状態のマウスが使われた。このマウスは、免疫系の一部が働かないように遺伝子操作がされているから、人間の腫瘍を移植しても拒絶反応を起こさず、マウスの体内で腫瘍が増殖する。その腫瘍に対して抗癌剤を処方することで、人体に処方する場合の適性や適量が判断しやすくなるのだった。

ヌードマウスの後に登場したのが、免疫機能をさらに阻害された「ＳＣＩＤマウス」だった。これはＴ細胞とＢ細胞の双方が欠損しているので、人間の皮膚や頭髪を移植することができるだけでなく、人間の免疫系の一部であるリンパ球も移すことができた。田村が今手にしているマウスは、それよりさらに免疫不全が進み、ＮＫ細胞その他も機能しない「ＮＯＧマウス」という種類だった。ここまで来ると、マウスの体には腫瘍だけでなく、ほとんどすべての人間の細胞を移植して、分化や増殖をさせることができるのだ。

例えば、人間の血液は骨髄内にある造血幹細胞が分化して、Ｔ細胞、Ｂ細胞、ＮＫ細胞、顆粒球、血小板などになるのだが、この超免疫不全マウスに人間の造血幹細胞を移植すると、マウスの体内ですべての血液の細胞が分化して、完全な人間の血液となるのである。それと同様に、人間の臓器や組織の移植も可能だ。つまり、外形はマウスであっても、内部が実質的に人間である動物が、少なくとも理論上は作成できるのである。

そして今、田村が手にしているマウスは、彼自身の髪の毛にある幹細胞が移植されているのだった。

＊

田村宙は、Ｋ大医学部の若手の癌研究者としては、新分野である生命機能の研究に関する論文も多く、注目されていた。三十歳で結婚して生活も安定し、仕事に打ち込める環境にあったが、一つだけ悩みがあった。現在三十三歳でありながら、髪の毛が薄いのである。普段は帽子を被《かぶ》ることで目立たないようにしていたが、夏場の帽子はやはり暑い。いっそのこと残りの頭髪も剃り落として坊主頭にする方が見栄えがいいかと何回も考えた。しかし、「眉《まゆ》が薄くて細い目のあなたには似合わない」と妻に言われると、髪を剃る決心ができないのだった。髪の毛の薄さはインテリジェンスとは関係ないと分かっていても、外貌は社会生活に重要である。形成外科の技術がこれだけ進んでいる現在、発毛や育毛の問題を医学が解決できないはずはない。田村はそういう信念のもとに、皮膚にある幹細胞の研究にも取り組んでいたのである。

幹細胞とは、体の各部でそれぞれの役割をになう細胞になる前の〝素《もと》の細胞〟のことである。血液が作られるとき、骨髄中の造血幹細胞が分化して赤血球や白血球ができるように、体の表面を覆う皮膚ができるためには、その素となる幹細胞が表皮の奥から分化して、皮膚の細胞になって表面に押し出される。毛髪や体毛の場合も、これと同じ仕組みがある。それは「毛球」と呼ばれる髪の付け根部分にある幹細胞だ。専門的には「毛母細胞」と言う。新しい毛球は普通、三～四カ月の休止期間の後、二～六年間活動を続けて髪の毛を伸ばす。このあと退行期に入り、やがて脱毛する。髪が薄くなるのは、この毛球の成長期が数カ月から一年と短く、髪が十分成長しないうちに毛球の退縮が始まり、脱毛してしまうからだ。

この脱毛部分にはDHT（ジヒドロテストステロン）という物質が高濃度に存在するため、これが髪の成長期を短くする原因物質と考えられていた。DHTは男性ホルモンのテストステロンから作られるから、男性ホルモンの多い人は髪が薄いと言われるのである。しかし、そういう人でも、頭皮には毛母細胞を含む毛球が残っていることがほとんどだ。だから、その毛球の活動を盛んにすることができれば、髪は再び成長する可能性が十分あるのだった。

田村が持つ箱の中のマウスには、彼自身の数少ない髪が移植されて生えている。それは植毛のように一本ずつを植えるのではなく、頭皮の小片を毛根ごと剝《は》いでマウスの腹部に移植したのだ。背中は目立つので避けた。同僚の医師が彼の頭皮を切り取り、それを洗浄して培養液の中に浸《つ》けるところまでをした。幹細胞の研究に毛根を使うことは珍しくないから、不審な点はなかった。その後、別の日に田村自身がマウスの腹への移植を行った。こうして白いマウスは、腹にだけ黒い毛を帯状に生やすことになったのである。

田村はこれに「チュー子」という名前をつけた。自分の名前を混ぜたのだ。マウスには文字通り自分の体の一部が混ぜてあるだけでなく、自分の願いを托《たく》しているからでもある。「チュー太」や「チュー吉」でないのは、雌のマウスだからだ。男性ホルモンの影響を受けにくい実験環境が必要だった。

田村は、超免疫不全マウスであるチュー子の体を培養器として使うことで毛母細胞の増殖を行い、最終的には自分の頭髪の問題を解決できればと考えていた。そのことが、公私混同になるとは少しも思わなかった。なぜなら、日本では一二六〇万人もが、この男性ホルモンによる男性型脱毛症（androgenetic alopecia）で、そのうち八百万人は田村と同じようにそれを悩んでいて、うち六百万人は何らかの治療法を試みたことがある、と言われているからである。マウスを使って確かな治療法が確立すれば、多くの人がこの忸怩《じくじ》たる悩みから解放されることは明らかだった。

＊

Ｋ大では、実験動物を研究室の外へ持ち出す場合は、届出が義務づけられていた。ましてや大学の外部へ移動させるとなると、特別の許可が必要だった。にもかかわらず、この夜の田村の行動である。彼は、大学関係者に知られないように、わざわざ夏休みの夜を選んだのだ。

この日が来るまで、彼は何度も迷った。Ｔ製薬の誘いに乗らず、学内の規則どおりに実験を続ける選択肢はあったが、その場合、チュー子の生存は諦《あきら》めねばならなかった。チュー子を使った幹細胞の研究は、田村にとって言わば〝裏の仕事〟だった。本業に対する趣味と言ってもいいかもしれない。ただし、少し後ろめたい趣味だった。問題は、本業の研究が重要な段階にさしかかっていて、手が抜けなくなっていることだった。〝表の仕事〟である癌の研究が多忙になってくれば当然、〝裏〟は後回しになる。

しかし、動物を使う研究は目が離せないのだ。誰かがそばにいて動物に餌を与え、飲み水を取り替えたり、温度や湿度調節もしなければならない。大体の実験環境はコンピューターで制御されてはいたが、「餌やり」や「観察」までは機械にできない。通常、そういう仕事は大学院の学生にさせるのだが、〝裏の仕事〟を他人には任せられなかった。大体、腹にだけ黒い毛が生えているマウスは、目立ちすぎる。好奇心にあふれた学生は何の研究か質問するだろうし、きっと「腹の毛だけをどうやって黒くするか？」などと細かいことも訊《き》かれる。相手が大学院生ともなれば、いい加減な答えではすまされないだろう。

実験動物は、栽培種の植物のようなもので、人間が世話をしなければすぐ弱ってしまう。特にこのマウスは、自然の抵抗力である免疫系の機能が取り除かれている。田村が目を離せば、チュー子が衰弱して死んでいくのは時間の問題と思われた。チュー子を手放すことはつらかった。それは、超免疫不全マウスという希少価値のある実験動物であるというだけでなく、自分の研究成果の一部を体現した一種の〝作品〟であり、さらに言えば、自分の肉体の小さな〝延長〟でもあったからだ。

田村にとって、学内の倫理規定や研究上のルールは尊重すべきものであっても、絶対的な規範ではなかった。それは、違反しても法律で罰せられないという意味だけではない。倫理や道徳は結局、相対的な判断基準で、人や環境や時代によって変わっていく。これに対して、学問が解き明かそうとしている真理は、時代や環境や個人の判断を超えて常に正しい。いや、正しくなければならなかった。それは言わば、絶対的な正当性をもっているのだ。だから、絶対的正当性を得るために相対的正当性である倫理や道徳に従わねばならないとするのは、本当は不合理なのである。しかし、人間社会は、価値観の異なる個人の集合体だから、法律以外にも各種のルールを設けて各人の行動を規制しないと、無秩序となり大混乱する。そんな混乱を未然に防ぐという便宜上の要請から作られたのが倫理や道徳である。それらは、社会の混乱防止のためには守らなければならないが、混乱しない程度の不倫理や不道徳は、真理発見のためには容認されるべきなのだった。

そういう考え方からすれば、チュー子を学外へ持ち出し、製薬会社に引き渡したうえで自分の研究を実質的に継続させることは、真理発見のためには許容されるべきだろう——と田村は考えた。つまり彼は、自分のノウハウと引き換えに、T製薬に自分の毛髪の培養を継続してもらうつもりだった。ただ問題なのは、学内の規定に違反していることだった。

チュー子の外部持ち出しを大学に正式に要請しても、倫理委員会では承認されないことが十分予測された。しかし倫理とは相対的なものである。絶対的な真理を探究するためには、知らなくてもいい人にその方法を知らせる必要はないのだ、と彼は考えた。

田村は構内の駐車場へ着くと、チュー子の入ったプラスチック・ケースをトランク内の冷蔵装置の中に収め、T製薬社員との約束の場所へと向かった。

*

チュー子のT製薬への引き渡しは、あっけなく終わった。渋谷の裏通りにある若者向けのカフェで、田村は大学に出入りしている担当者と会い、その男と一緒だった五十代の男と名刺を交換した。新薬開発部の「部長」という肩書きがついていた。その部長が、チュー子の入ったプラスチック・ケースをうやうやしく推し戴いて、担当者とともに夜の渋谷の雑踏の中へ消えていった。

その翌日に、部長の名前で田村の銀行口座に五百万円が振り込まれた。それは頭金で、その後の研究の進展にともなって「顧問料」が支払われる合意ができていた。T製薬への情報提供はすべて電子メールで行われ、電話や郵便は使わないことになっていた。メールの相手は新薬開発部の「T」という仮名の研究者だ。だから田村は、相手がどんな人物でどこにいるのか、皆目見当がつかなかった。

チュー子を引き渡してから一カ月間は、Tからの問い合わせのメールが頻繁に来た。その内容から、田村はチュー子の様子と研究の進行具合が推測できた。写真も同時に送られてきたので、チュー子の腹に移植された〝黒い帯〟が胴全体にだんだんと広がっていく様子もよくわかった。T製薬は、チュー子から採った田村の頭皮をシャーレの中で培養し、増殖した分をチュー子の皮膚と入れ替えることで、白いマウスを黒いマウスへと作り変えつつあった。田村がTに指示した計画では、チュー子の全身が黒い毛で覆われた後に、その皮をはいで田村の頭に移植することになっていた。これによって、拒絶反応もなく黒々とした頭髪が再現できるはずだった。

田村は、最終的にはマウスを使わずに、培養器の中だけで頭皮と頭髪を増やすことを目指していた。そうしないと、高価な実験動物の値段と、その世話に必要な人件費や無菌室の維持管理費など様々なコストが発生し、男性型脱毛症の治療としては一般人の手が届かないものになってしまうからだ。もう一つの問題は、「動物に移植した頭皮を人間にもどす」という方法が、一般の人から治療法として受け入れられるかという問題だった。すでに海外では、ブタの心臓や胃を患者に移植するという異種間移植は行われていたが、日本では評判がよくなく、実施例は少なかった。自分の体内に動物の臓器を入れるということを、感覚的に拒否する人が日本には多いのかもしれない。それなら、動物の体内で培養した皮膚に対しても、それがたとえ自分の皮膚であっても抵抗を感じる人が多い可能性があった。しかし現段階では、頭皮の増殖はマウスを使わずにうまくできる。が、そこからなかなか髪が伸びてこないのである。そして、チュー子の体に田村の頭皮を移植すると、不思議にも髪は伸びてくるのだった。

この現象は、さほど驚くべきことではない、と田村は考えていた。それは、マウスの体内の化学物質の中に毛包を刺激して、髪を伸ばす働きをもつ成分があるからで、これが何であるかを探り当てれば、今回の研究目的はほぼ達成するはずだった。あとはその成分を人工的に合成し、培養器内でシート状に増殖させた頭皮の上に適量を垂らす。すると、髪の毛は一斉に伸び始めるに違いない。もしかしたら、この成分こそ〝究極の毛生え薬〟かもしれない。そうとなれば、もうチュー子を実験で痛めつけることも、自分の頭皮を剥ぎ取ることも、金輪際《こんりんざい》不要になるのだ——田村は、自分が記者発表の席上、被っていた帽子を脱いで黒々とした頭を見せ、それを昔の自分の写真と比較する様子を想像して、笑いを隠すことができなかった。

そんなこんなで八月はたちまち過ぎ、九月も半ばに入った。K大のキャンパスには学生たちがもどって来ていた。そんなある日、田村はTから届いた電子メールを読んで衝撃を受けた。

*

Tからのメールは、次のようなものだった。

——田村先生には、これまで当社への数多くの御指導を賜り、誠にありがたく、何と言ってお礼を申し上げていいかわかりません。ここ一カ月ほどの研究で、毛母細胞に関する貴重なデータを蓄積することができ、マウスを使わない発毛と頭皮育成が可能となる一歩手前まで来たとの感触をもっていました。ところが二日前、当社の研究棟に落雷があり、一時停電したことが原因で、田村先生の検体を移植したマウスに異常が起き、昨夜半までに死亡しました。その間、田村先生のK大の研究室には何度かお電話したのですが、お留守でした。在室の方に伝言をお願いすることも考えましたが、当方の身分を明かすことで先生にご迷惑がかかると思い、差し控えました。

先生と当社との合意では、当社の過失の有無にかかわらず、実験動物が死んだ場合には、それを先生にお返しすることになっております。つきましては、火急速やかに当社の営業担当に連絡いただきますよう、お願い申し上げます。

田村は急いでメールを閉じると、パソコンをシャットダウンさせながら、今後の自分の行動について目まぐるしく思いを巡らせていた。チュー子が移転先で死ぬ可能性について、彼は考えなかったわけではない。しかし、一部上場の企業の無菌室に入るのだから、自分の研究室の片隅に隠されているよりも、チュー子の衛生環境は良好であるはずだった。だから、マウスの通常の寿命である三年とは言わないまでも、一年半ぐらいは生きて、自分の髪を育て、かつ有用な実験データを提供してくれると思っていた。それが、わずか三カ月ほどで死んでしまうなど……。

田村の頭には「損害賠償」の四文字が浮かんだ。しかし、訴訟することで自分が学内の倫理規定に違反したことが公になることを思い出し、唇を噛んだ。絶対的価値である真理発見のためには、相対的価値である倫理を犠牲にすることはやむを得ないという、自分の論理を法廷で認めさせることができるならば、それも一つの選択だろう。しかし田村には、この論理を裁判官の前で展開することに、何か気が引けるのだった。自分に言い聞かせて納得している論理なのに、裁判の中で維持できるかどうか自信がないのだった。

二日後の午後、田村はT製薬の営業担当と渋谷で会った。チュー子を渡した時の若者向けのカフェだった。営業担当者は、しじゅう平身低頭の姿勢を崩さずに謝るばかりで、田村はその男がチュー子の死に直接関係がないことを知っているだけに、そんな彼を責める気持が起こらなかった。それより、今後のT製薬との付き合いも考えて、「今回の失敗の埋め合わせをしてくださいよ」などと揶揄《やゆ》する自分を発見して、逆に驚いていた。

「それはもう、精一杯のことは……」

と、担当者は這《は》いつくばるような恰好で頭を下げた。

そして、

「お荷物になりますが……」と言いながら、田村の前に包みを一つ差し出し、「実験動物と、先生の使われた運搬用のケースです」と言った。茶色の包装紙に覆われている包みの、中は見えない。

田村は、

「そうですか」と言って、無造作にそれを受け取った。

帰宅後も、田村はその包みを開ける気になれなかった。彼にとって、実験動物の死骸を見ることは、自分の犯した罪の証拠を突きつけられるようで、心苦しいのだった。だから大学では、死骸の処理は助手にやらせる。しかし、チュー子に限ってはそれができないので、車の冷蔵装置の中に入れておいた。その気になった時に、土中に葬ってやるつもりだった。

翌日、昼休みに銀行へ寄った田村は、自分の口座にT製薬からの入金があるのを確認した。「12」のあとに「0」が六つ並んでいる。「まさか」と思いながら何度も確認したが、やはりゼロの数は六つだった。毎月百万円の入金があったが、今回は一桁多いのである。担当者の言った「精一杯のことは……」という言葉が田村の頭をかすめた。

――そんなつもりじゃなかったのに……。

と、彼は不本意の思いを募らせたが、その一方で、科学者としての論理的思考がもどってきた。企業が大金を払うということは、それなりの成果があったからである。また、事後に訴訟されないためかもしれない。万一訴訟されたとしても、成果に見合う対価を支払っているのといないのでは、企業イメージに大きな違いが出てくるだろう。ということは、あの実験は彼らにとって失敗ではなかったのだ。そうだ、チュー子の現状をきちんと確認しておかなければならない――田村はそう考え、家路を急いだ。

冷蔵装置の中の包みからは、茶色の包装紙をむくと二つ折りにしたメモ用紙が出てきた。中には、走り書きでこうあった。

「実験動物は、当社開発の培養液に浸かっています。死後も髪の毛は伸び続けているようなので、そのままの形でお返しします」

田村は、恐るおそるプラスチック・ケースを目の高さに差し上げて、中を見つめた。暗くてよく見えないので、西日の当る玄関先へ持っていった。それでも中は黒々としている。思い切って中を開けてみた。すると、ケースの蓋を押し上げるようにして、髪の毛の束が盛り上がった。田村はそれを指先でつまみ、上へゆっくりと引き上げる。すると、液体を滴らせながら、拳大ほどの黒い髪の毛の塊が現れた。田村は思わず、その黒い塊を玄関先の石の上に置き、後ずさりした。

これがチュー子の変わりはてた姿なのだった。人間の頭皮を移植され、懸命に毛を伸ばし続け、マウスとしての姿形が見えなくなっている。チュー子の栄養を吸い取りながら成長しているのは、ほかならぬこの自分の髪の毛なのだ。T製薬の培養液が、それを可能にしているに違いない。これで自分は、黒い毛が豊かに生えた頭に変貌することができるだろう。

田村は立ち上がって、ビルの並ぶ凸凹の地平線に今まさに沈もうとしている太陽を見つめた。

「オレは悪魔だ。オレは悪魔だ！」という声が、心中から湧《わ》き上がってくるのを抑えることができなかった。

第二部　ショートショートでひと休み

イミシン

私がそれを最初に見たのは、夕食後の片付けを終えてひと息入れ、ダイニング・テーブルの上で焙《ほう》じ茶の入った湯のみを両手で包んでいるときだった。じーんとした暖かさが両手に伝わってくる。その感触をしっかり受け止めながら、「今日の仕事もひとまず終わり……」という言葉が頭に染み出てきたのを放っておく。すると、やがて言葉が頭の中をグルグルと回りだした。

普通だったら、香ばしいお茶を二～三口すすったあとは、すぐにその日の家計簿をつける作業に入るのだが、この日は、一日中動き回っていたことと、夜勤の夫を会社に送り出した後だったので、もう何もしなくていいという安心感が手伝って、本当に何もしないことにしようか、と思っていたのである。

食器棚に近い側のダイニング・テーブルの端を、白い小さな細長い虫がゆっくりと這《は》っていた――少なくとも私の目にはそう見えた。私は、小虫が大きらいだ。特に、食卓や食器棚あたりに虫がいることは耐えられない。だから、すぐに立ち上がってティッシュペーパーを一枚抜き取ると、手を伸ばしてその〝虫〟を上から

「エィ！」

と声を出してつぶした。

それから、ティッシュをつまんだ指先を恐る恐る顔に近づけた。自分の原始的感情の犠牲者が何者であるかを目で確かめようとしたのだ。が、指先には、虫らしいものは見当らない。テーブルの上を探したが、やはりそこにも白い虫の痕跡はない。ティッシュをていねいに拡げてみた。紙の皺《しわ》のあいだに挟まっていないかと思ったが、何もなかった。最後にテーブルの下を覗《のぞ》き込んだ。ご飯粒を一つ見つけたが、虫の痕跡はなかった。

それからだった。私は時々、一人で家にいるときに〝白い虫〟を見つけて驚く自分を発見するようになった。最初に見た虫は、シャクトリムシのように細長かったが、それ以後は、小指の爪の先のように薄っぺらだったり、タピオカの粒のように丸かったり、かと思うと、線香のかけらのように短い円筒形だったりした。どれもモソモソと動いているので〝虫〟だと分かるのだが、私がパニックを起こしてつぶすと、跡形もなく消えてしまう。

ある時、この話を夫にした。

「へぇー、白い虫ねぇ……」

最初は、半分上の空で聞き流していたようだが、

「形がいろいろあるのよ」

と私が言うと、ギョッとしたような表情でこっちを見た。そして、

「それ、妄想じゃないの？」

と、疑わしい視線を向ける。

「私もそんな気がするから、いやなのよ」

と、私は答える。

「イミシンだよねぇ……」

と夫は言った。

「なぜ?」

「だって、ポカンと何もしてない時に、そいつが出るんだろ?」

「そうだけど……どういう意味?」

「で、そいつをやっつけると消えてしまう」

「うん。でも、何か意味があるの?」

「わからないよ、僕が見るわけじゃないから。でもさ、つぶさなかったらどうなるんだろ?」

「……」

家の中を虫が這っているのに、放っておくことなど私には考えられなかった。しかし言われてみれば、小虫はそこからいなくなればいいのだから、殺さない方法もあるはずだった。

夫からそう言われてから、私は虫の出現を少しだけ心待ちにするようになった。イミシンの虫を殺さない方法を考えながら……。

剃り残し

就寝前に風呂に入るという習慣は、ときに不思議な経験をもたらしてくれる。

今晩も、私は十時すぎに入浴した。先に入った妻が、湯たんぽを抱えて二階の寝室へ上がっていった頃、私は後頭部を湯船の縁にあずけ、両足を前方にゆったりと伸ばして、肉体を包み込んでいく温熱の快楽を味わっていた。湯の温度は四十一度。私の年齢では少々高いとされる温度だが、二月の気温を考えればこれでいい、と自分に言い聞かせる。

やがて思考が止まり、ふっと意識が揺れる。この意識と無意識の中間帯が、就寝前の入浴の醍醐味なのだ。

私は、朦朧《もうろう》とした意識の間から手を伸ばして、湯船の脇から石鹸をつかみ、顔や顎《あご》にシャボンを塗る。さあ、湯船の中でのヒゲ剃りの時間だ。レーザーを片手に取り上げ、目をつぶったまま刃を肌の上に滑らせる。シャリ、ジャリ、コソ、ジリ、ガジ……様々に聞こえる小さい音と、レーザーを持つ手への微妙な抵抗感。これが快感でなくて何だろう。

鏡を見ずにヒゲを剃ることにも、馴《な》れた。半分無意識になった頭の中に〝鏡〟が見え、そこに映った自分の顔を剃ればいいのである。簡単なことだ。が、時々剃り残しがあるから、指先でていねいに顔の隅々をなでて確かめる。

と、「あれっ」と思うような剃り残しが一本、指に触れた。左耳下のアゴ骨で膨らんだ皮膚のあたりだ。「よしっ」と思ってレーザーを近づけた時、頭の裏側で声がした。

——切らないでよ！

耳から聞こえた声ではない。だから妄想の一種だと思い、再びレーザーを近づける。

——ほんとに、僕を切るの！

そりゃあ、刃が当たれば切れるさ。それが目的だから、と私は頭の中で言った。

――そんな暴力は、許さない！
何が暴力だ？
――だって、僕はお前だから！
お前は、単なる「剃り残し」さ。
――それは勝手な言い分だ。ヒゲも頭も同じ細胞だろう！
そんなことはない。お前はヒゲの細胞で、おれは……
――お前は何だ？
私は返答に詰まった。
――お前は脳にある神経細胞だろう？
そういう見方もできるが、一つや二つの数じゃない。
――何億あっても、同じ細胞であることに変わりはない。
ヒゲより脳の細胞の方が、よほど高級だ。
――それは暴論だ！　用途が違うだけで、本質は同じＤＮＡだ！
じゃあ、こう言おう。ヒゲより脳の細胞の方が、用途がよほど高級だ。

――「職業に貴賤はない」と言うじゃないか。僕にはお前と同じ人権……じゃなくて細胞権がある。社長が従業員を殺していいのか？　殺すんじゃなくて、用が終わったから解雇するのさ。

――これは解雇じゃない。お前から切り離せば、僕は死ぬ。

でもね、ヒゲが一本伸び続けても、何の役にも立たない。それに迷惑さ。

――そういう言い方は、基本的細胞権の蹂躙《じゅうりん》だ！　すべての細胞には、それぞれに掛け替えのない役割がある。それを認めない神経細胞こそ、ファシズムの権化だ。神経細胞全体主義に断乎反対する！

ヒゲのくせに、よくもそうポンポンとサヨクみたいな言葉が出てくるね。サヨクの間違いは、有機体は基本的に〝全体主義〟だっていう生物学的事実を無視していることさ。

――僕はサヨクなんかじゃない！　今日は何の日か知ってるか？

えぇ？　二月二十六日の日曜日だろう……イタリアでやってる冬季オリンピックの最終日かな？

――最終日じゃなくて、もう一日ある。ほら見ろ、お前の方が西洋かぶれじゃないか。

西の方しか向いてない。

東だってアメリカだろ？

——そうじゃない。下を見ろ。足元の日本だ。日本で二月二十六日に何があった？

あっ、そうか。二・二六事件か……。それがどうかしたのか？

——僕は、あの決起将校の気持がよく分かる。今こそ「尊皇討奸」を実行すべし。

何を時代錯誤な……。尊皇ならば、頭脳の言うことをきけよ。

——お前は、ヒゲの思いを理解してくれるのか？

どんな思いだ？

——体の端にひっそりと付いているだけのように見えても、本質であるDNAは頭脳同様に貴いということ。にもかかわらず、役割が違うというだけで、虫ケラのように見られている。でもね、体毛がなかったら、頭の保護ができないし、だいたい冬は寒いゾ！　暑いアラブの国でもね、ヒゲのないやつは男じゃないんだ。もっと尊敬と感謝の念をもって、僕を扱うべきだ。

わかった。君の言うことは正しい。それは認める。しかし、このまま伸ばしておいても嫌われるだけだぞ。
——誰が嫌う？
邪魔になって手が嫌うし、妻には嗤《わら》われる。
——お前は、どう思う？
私は、自分の非を認めた。
——頭脳のお前が僕の価値を認めるなら、切ってもいい。
では、レーザーの刃を当ててもいいな？
——でも、〝根〟の部分を残してくれ。また生えてくるからな。

私はこうして、自己主張の強いこの一本のヒゲをやっと剃り落とした。
それは、一センチほどの長さになっていた。しかし、自分が神経細胞の集まりだという
ヒゲの考え方には、私はどうしても納得できない。今度、彼と話をする時に疑問をぶつけ
てみるつもりである。

新 蜘蛛の糸

夢の中で、霊界にいる芥川龍之介に会ったので、お釈迦様が人間の開発した「切れない糸」を使った場合の物語を書いてもらった。題して、『新 蜘蛛《くも》の糸』という。

*

お釈迦様がある日、極楽の庭を散歩しておられた時のことです。お庭の蓮池には、緑の団扇《うちわ》を広げたような蓮の葉が所狭しと並ぶ中、ピンクや白の美しい花がいくつも大輪を広げてお釈迦様をお迎えしていました。ふとその花の陰から、地獄の様子が透けて見えているのに気がつかれたお釈迦様は、大泥棒のカンダタが地獄の血の池で息も絶え絶えにもがいている姿を見つけられました。

このカンダタは、もう何回も地上に生まれ変わっていて、ごく最近は二十一世紀の初頭にアメリカに生まれて、バイテク企業の研究員をしていました。その時、彼は遺伝子組み換えの技術を使って、柔軟で強靭《きょうじん》な糸を作る能力をクモから盗み、それで大金持になったのでした。彼は、働いていたバイテク企業からその技術をもって飛び出し、アメリカ陸軍や医療品メーカーに売ったばかりでなく、秘密裏にイラク軍や国際テロ組織にもそれを売却したので、彼の懐《ふところ》はさらに豊かになったのでした。ところが、やがて何度目かのパレスチナ紛争が起こった時、パレスチナの反政府ゲリラがこのクモの糸製の防弾チョッキを着用していたことからCIAが調査に動き出し、カンダタの所業が明らかとなりました。そして彼は、ついに国家反逆罪で逮捕、処刑されて地獄へ落ちたのでした。

お釈迦様はしかし、カンダタがこの技術開発の過程で、クモをできるだけ殺さないように心がけていたことをご存知でしたから、そういう彼の〝仏性《ぶっしょう》の芽〟をもっと伸ばしてあげたいと思い、地獄で苦しむ彼の鼻の先に、彼が開発した強靭なクモの糸をこっそりと垂らしてあげたのでした。カンダタは、赤い雲の合間から何か細い筋がキラキラと光りながら下がっているのを見て、「まさか」と思いました。この地獄の血の池で、地雷で飛ばされた人の手足や、中絶胎児の体の残骸《ざんがい》が浮かんだり沈んだりする中、疲労でぼんやりした頭の片隅でカンダタが感じていたのは、「こんな光景をいつか体験したことがある」という感覚でした。その微《かす》かな記憶によると、この糸はクモの糸で、これを伝って昇っていけば地獄から抜け出せるかもしれないということでした。それに、この光るクモの糸には、何だか見覚えがあるのでした。

カンダタは、片手をうんと伸ばして糸をつかまえ、力を入れてそれを手繰《たぐ》り寄せると、自分の体が池から浮かびかかっているのでした。「よし、このチャンスを無駄にするな！」と彼は喜び、生き返ったように体を動かしながら、クモの糸をよじのぼり始めました。最初のうちは、エイエイと心で気合いをかけながら元気よく昇っていきましたが、やはり普段からロクな食事をしていないので元気は続かず、五十メートルも昇ったところで息が切れだしました。そこでカンダタは、少し休むつもりで体を止め、自分の昇ってきた下界を眺めました。彼は、血の池地獄をこんな高さから見るのは初めてでした。だから、この池がブタの心臓の形をしていて、所々で白い噴煙を上げているのを知って驚きました。しかしもっと驚いたのは、自分の下方四十メートルくらいの所で、彼のつかまっている同じ糸を伝って、無数の人がアリの行列のように昇ってくることでした。「冗談じゃない」とカンダタは思いました。こんな細い糸に大勢の人間がつかまれば、いくら強靭なクモの糸でも、すぐに切れてしまう、と彼は思いました。「この糸はオレのものだ。オマエらは昇ってくるな。下りろ、下りろ！」と、彼は下に向かって叫びました。

しかし、下から続く人の列は、カンダタの言うことなど一向に構わず、どんどん昇ってくるのでした。そこで彼は、自分の体のあちこちを触って、ハサミかナイフがないかを探しましたが、ありません。じゃあ、歯で切ってやろうと思って糸に口を当てましたが、彼の歯は、地獄の責め苦の中で鬼に抜かれて全部なくなっていたことに気がつきました。「チクショー」と思ったカンダタは、もうこの上は、糸が切れる前に脱出するはかはないと決意し、改めて全身に力を込めて昇りはじめました。しかし、この努力も、さらに五十メートル昇るまでは続きませんでした。手に汗をかいて糸が滑りだしたことと、体の疲労が限界に達したからです。体の力が抜けてくると、カンダタの体はスーッと下へ滑っていきました。最初は、一メートル滑ったところで手の力でやっと止めました。しかし、その後は、二メートル、三メートルと、体は下へ下へと滑っていくのでした。そしてついに、カンダタは下から昇ってくる人の群に追いつかれました。

「バカヤロー」と、下の男が怒鳴《どな》りました。「ジャマしないでよけろ！」とその男は言うのですが、皆が一本しかない糸につかまっているのに「よける」ことなどできません。そこで、ケンカが始まりました。ただでさえ疲れているのに、ケンカのために足や手を使うとなると、耐え切れずに糸から放れて下へ落ちていく者も出てきます。カンダタは三人の男を突き落としたところで力が尽き、四人目の男に足を引っ張られて、下へ落ちていきました。五十メートルも落下して血の池に落ちる衝撃は、相当なものです。ダイビング選手でも、二十メートルの高さがあれば、打ち所が悪いと体が赤く腫れ上がります。カンダタは、横っ腹から血の池に落ちましたから、一言「ウーーン」とうなると気絶してしまいました。

地上の世界では、池の中で気を失えば、普通は窒息死してしまいます。しかし、死んでから行く地獄ではもう死ぬことはないので、カンダタはやがて意識を取りもどしました。

そして、池から顔を出して糸の行方を目で捜してみると、そこには先を争う人々が数珠つなぎになって、突いたり、蹴《け》ったり、落ちたり、落としたりしているのでした。カンダタは、しばらくその様子を眺めて見ていましたが、やはりこのあさましい争いばかりの地獄から逃げ出したいという思いが募り、戦場と化したクモの糸に向かって、再び決意を込めて進んで行きました。

一方、極楽では、お釈迦様がそんな地獄の様子を眺めておられましたが、やがて悲しそうな顔をされて首を横に振られました。両手には、無限の長さの糸を用意しておられたのに、下の人間が正しい心を起こさないために、それが使えず、彼ら自身が自分たちをわざわざ救われない状態に置いているのでした。無限の長さの糸があれば、それを撚《よ》って紐《ひも》とし、その紐をさらに撚ってロープとし、ロープの所々にコブを作って足場にすれば、多くの人が、休みながら、それを伝って極楽へ来ることができるのでした。しかし、そのためには、皆が一致協力する心、他人を思いやる心を起こす必要がありました。かつてカンダタが、研究に利用しながらもクモを思いやった心を取りもどすのを、お釈迦様は期待しておられたのでした。

恩返し

その人からの贈答品は、もう何回来ただろうか?

——と幸子は思った。

幸子は結婚以来、二十年以上も到来物をノートに几帳面《きちょうめん》に記録している。もちろん、差出人の住所、氏名も書き込む。そしてきちんと礼状を書く。夫に言われたわけではなく、自ら買って出た仕事だ。それによって、あまり社交的でない夫の印象を和らげることができれば、と考えたのである。

夫が出世するにつれて、到来物のリストは長くなった。ところが、夫が転勤になったもう五年ほど前から突然、知らない女性の名前で、米や紅葉饅頭《まんじゅう》などが年三〜四回届くようになったのである。

夫はその女性を知っていると思い、尋ねたことは何度かある。が、「知らない」というばかりだ。あまり追及しても逆効果と考え、近頃は「○○が来ました」と報告するだけにしていた。

夫はその報告を聞くと、「そう」「ふーん」「また？」などと無感動な返答をするのだった。

柏尾夕美。

——それが差出人の名前である。

手紙でも添えてあれば何かの手掛かりになる、と思う。しかし、宅配便で品物だけが届く。差出人の住所は大阪・住吉区で、住居はアパートかマンションのように「二〇四号」と部屋番号が書いてある。礼状は、宛先人不明で返ってきたことはない。ということは、仮名ではなく実在の人物なのだ。もちろん、幸子の旧友や知り合いの中に「柏尾」姓も「夕美」という名前も思い浮かばない。ひょっとして結婚前に勤めた会社の同僚、樫尾さやかか、とも思ったが、本人は結婚して「尾藤」姓に変わっていることが判明した。

子育てが終わった幸子にとって、子供のこと以外で自分の周りに未整理の問題があるのはいやだった。だから、柏尾夕美のことも、早く疑問を晴らしてしまいたかった。喉の奥に刺さった魚の小骨のような状態から、もう解放されたかった。

何事もスッキリさせたい。

――こういう気持は、もしかしたら「母の死」と関係しているかもしれないと幸子は思う。彼女は最近、自分がそろそろ母親が死んだ時の年齢に近づいている、と感じていた。

幸子の母、珠樹《たまき》は五十四歳で亡くなった。軽自動車を運転中の出会い頭の衝突で、相手は大型トラックだった。幸子は当時まだ十九歳だったから、ショックが大きかった。人生の先輩である母親から、もっといろいろのことを学びたいと思っていた矢先の出来事だった。珠樹は、臓器提供の意思をドナーカードに示してあったから、脳死段階で臓器は諸方へ散逸した。

「散逸した」という言い方は正しくないかもしれない、と幸子は思う。しかし、娘にとって、母親の体がまだ温かいうちに解体されて、臓器が部品のように外されて持ち去られたと思うと、それは「略奪」でなければ「散逸」だった。幸子は、母の死に目に逢えなかった。ちょうど大学のクラブの合宿で、長野県の高原に行っていたからだ。だから、棺桶の窓から見える無表情の白い顔の母が、臓器を取り去られた後であることを知って、口惜しかった。母が臓器提供の意思表示をしていたことを、怨《うら》みに思ったほどだ。自分の子どもにはこんな思いを決してさせまい、と幸子はその時思った。

幸子が柏尾夕美に手紙を書こうと決意したのは、だから決して思いつきなどではない。心に刺さった〝魚の小骨〟を抜くためには、その〝骨〟に直接当たるほかない、と考えたからだった。

柏尾夕美からの返事は、なかなか来なかった。が、半年もたった頃、分厚い手紙が彼女の名前で届いた。詳しい内容は省略するが、手紙の主は三十歳の独身女性で、贈物は夫のためではなく、幸子自身へのものだった。宛先を夫の名前にしたのは、それが礼儀だと思ったからららしい。そして、いつも「幸子」の名前の礼状を待ちわびていたという。理由は、「貴女のことを母親のように感じていたから」と書いてあった。

柏尾夕美の母親は、幸子の母、珠樹の心臓を移植して立ち直ったという。しかし数年後、夕美を産むときにうつった感染症が原因で、死亡した。免疫系が弱っていたようだ。夕美は成人後その事実を知り、自分が生まれたのは死んだ母親に心臓をくれた人のおかげだと考え、苦労して提供者を探し出したという。

「お会いしたいと思いましたが、片思いなので……」

と、その手紙は結んでいた。

売り言葉、買い言葉

私は、会社のＬＡＮの端末に向かって派遣会社社員のシステム・エンジニアと話をしていた。

私の後ろに立って、肩越しに画面を覗《のぞ》き込んでいた彼は、

「それは、できないことはないですね」

と言った。

端末から入力した言葉を直接、特定の相手の画面に表示させる方法があると言うのだ。

話をもっとよく聞いてみると、一人の相手だけでなく、ＬＡＮにつながっているすべての端末機の画面に、リアルタイムで言葉を表示できるというのだ。だから、社内で百人が画面を見ているとしたら、私が端末から「おはよう！」と入力すると、その言葉が画面の右から左へ流れていくのを、社の建物のあちこちにいる百人が見ることができる。

「じゃあ、言葉の取引ができるかもしれないね？」

と私は言った。

「どういうことです？」

「広告文か何か考えてて、適切な言葉が思いつかない時でも辞書を引かなくてすむ」

「ちゃんと答えてくれる相手がいれば、の話ですが」

「そうだね。でも、ジャズのアドリブみたいに、予想外の言葉の組み合わせができるかもしれない」

「しかし、思いつかない言葉を、文字だけでどうやって人に聞くんですか？」

「例えば、僕がこういう言葉をみんなの端末の画面に流す……『今日は総務部長が出張中、○○○○な朝だ』」

「なるほど、〇〇〇〇の中に入る言葉を捜してるってことですね?」

「そう。で、文書課のK子がこれを受けて、『ウキウキする朝だ』と流す」

「なるほど、じゃあ別の……例えば経理部のS君が『専務がソワソワする朝だ』とやる」

「ふーん、君の考えた方が良さそうじゃないか」

「じゃあ、買いを入れてください」

「買い?」

「だって、取引でしょう?」

「そうか、S君の売り言葉を僕が買うわけだ。どうやってやろうか?」

「『Sのを買う』とか『Sを採用』とか流せばいいんじゃないですか?」

「うん、それでいい」

「言葉が売れたら報酬を出すのはどうでしょう?」

「なぜ?」

「その方が皆、まじめに考えてくれると思います」

「そうか。でもいちいち金を出すわけにもいくまい」

「ポイント制にしては？　売れるたびにポイントを増やすんです。で、その数を給与計算のプログラムと連動させる」

「なるほど。それなら実際に役に立ちそうだな！」

「でも、社長……」と、システム・エンジニアは言った。「ほんとにこれやるんですか？」

「何かマズイことがあるかね？」

と、私は聞いた。

「仕事の妨げになるんじゃないでしょうか……」

と、彼は上目遣いで言った。

「なーに心配することはない。ウチは言葉を売る商売だからね。いい練習になるさ」

「？……」

「つまり、広告会社だから」

エラーメッセージ

私の家に今度やってきた新型ヘルパーは時々、妙な仕草をした。

納入時に説明に来た営業マン氏の話では、

「情報を内蔵データベースにインプットするときに、まだ少し時間がかかるんです。その間、じっと何もしないでいると、お客さまの方で故障かと思うといけないんで、特徴のあるポーズをとらせるようにしてあります」

というのである。

「どのくらいポーズをとってるの？」

と、私は訊《き》いた。

「十秒以内です。でも、その時間はだんだん短くなります」

「学習するってわけだね？」

「おっしゃるとおりです」

「それで、顔の方はいつ来るの？」

と、私は訊いた。

オプションで選んだ顔が、納入時に間に合わなかったのだ。

「一週間ほどお待ちください」と、営業マン氏は言ってから「あの顔は人気で、在庫が少ないんです」と、付け加えた。

私は、標準仕様でついているヘルパーの顔も、悪くはないと思った。が、オプションの「C」は丸顔で優しい目をしている上、唇がかわいかった。

もう八十歳になるのだから、若い女性の顔にこだわるのはおかしいと孫娘に言われたが、四六時中一緒にいる相手の顔だから、安心できるだけでなく、自分の好みも言わせてもらいたかった。

子供のころ手塚治虫の『鉄腕アトム』で育った私は、老人介護用のヘルパー・ロボットを「ロボット」と呼ぶのはつまらないと思い、「ロボくん」とか「ロボさん」と呼んできた。何となく人格を認めたい気持があったからだ。しかし、今度来たのはなかなか本格的で、今ついている標準仕様の顔でも、シリコンで精巧に作ってあるだけでなく、潤《うる》んだような両眼から情報を取り入れ、介護する相手の表情を読むのだという。だから、もう人並みに「ヘルパーさん」とでも呼ぼうという気になっていた。

営業マン氏が帰ってから、ヘルパーの充電を始めた。その間、彼女は人形のように表情を固めてじっとしていた。私は車椅子の背中に体を預けて、壁面のテレビを見ていたが、やがて、電子音をたてて彼女が合図をしているのに気がついた。近づいていってヘソの位置にある始動ボタンを押す。

「初期設定をしてください」

と、彼女が艶《つや》のある声で言った。

私は、旧型のロボットで使っていたメモリーカードを取り出して、彼女の腰の位置にあるカード挿入口に差し込んだ。

「介助ロボットＤ－32型ＭＥ７８２９から、ユーザー情報を読み込みます。よろしいですか？」

と、彼女が言った。

「はい、いいですよ」

と、私は言った。

「ユーザーさまの音声情報も同時に登録します。よろしいですか？」

と、彼女は言った。

「はいよ」

と私が答えると、彼女が突然動いた。少しのけぞるような姿勢になって右手を口の前に当て、目を上方に向けている。左手は、右腕の肘《ひじ》を支えているようだ。

私が彼女の妙な仕草を見たのは、これが最初だった。

いかにもわざとらしいポーズだが、何となく情緒がある。データ処理に時間がかかる場合、彼女は決まってこの仕草をした。そして、処理が終わるとにっこり微笑《ほほえ》む。この微笑

には、何か商業的な不自然さがあって、私はあまり好きでなかった。ところが時々、彼女は笑わずに、

「わたしにはわかりません……」

と言って、じっと私の顔を見ることがある。データ処理がうまく行かないときの、一種の〝エラーメッセージ〟だと私は解釈した。なぜなら、こちらの指示をゆっくり繰り返すと、彼女は微笑んで指示に従ってくれることが多いからだ。

＊

ところで、このヘルパーさんが家に来てから、もう三カ月になる。学習能力の優れた彼女は、「わたしにはわかりません……」と、しだいに言わなくなった。私は、彼女の顔を取り替えるのをやめた。もっと長くつき合いたい気分になったからだ。そして最近は、あの奇妙な仕草のあとで、彼女が微笑まずにエラーメッセージを出してくれる方法ばかりを考えている。

アンビバレンス

アンビバレンスとは「矛盾する感情」というような意味の英語。「アンビ（ambi）」が「二つ」とか「両面」という意味だから、直訳すると「二つの側面をもった感情」ということになり、例えば「好き」なのか「嫌い」なのか分からない感情のように、互いに「矛盾する」という意味になる。のっけから小難しい話になったが、これにはわけがある。東京から沖縄を目指して飛んでいる機上で見た夢が、まさにこのアンビバレンスを私の中で引き起こしたからだ。

私はイラクの首都・バグダッドにいた。時はまさに現在進行形で、米軍肝いりの新憲法にもとづいてかの国で総選挙が行われた直後のようだった。米国ABC放送の女性キャスター、エリザベス・バーガスが町角に立って、テレビカメラとプロンプターの前で撮影中だった。その現場に私もいた。四十三歳の彼女はスペイン系の彫りの深い顔で、日光の眩《まぶ》しさに眉《まゆ》をひそめながら、抑揚のある英語でバリバリと口角泡を飛ばしながらしゃべっている。一見、ジュリア・ロバーツ風だが、顔がやや大きく肩幅が狭い。その周囲を大勢のイラク人たちが遠巻きにしている。が、奇妙なことに皆、指を立てて何かの合図をしているようだ。老人も子どもも黒スカーフの女性も、満面笑みをたたえながら天を指差して何かを喜んでいるのだ。

エリザベスの説明では、生まれて初めて民主選挙をした人々が、赤インクに半分ほど浸した人差し指をカメラマンの前で誇示しているのだという。これは、二重投票を防ぐために今回考案された方法で、投票用紙を投票箱の中に入れた人だけが、インク壺に指を突っ込んで色をつけるのである。米軍にとっては二重投票防止策だが、イラク人にとっては「歴史的な第一票を投じた」という動かしがたい証拠なのだった。選挙に反対する武装勢力から見れば、同じ印は「占領軍に協力した証拠」として見られ、へたすると攻撃される危険さえある。にもかかわらず、彼らはその指を高く掲げて新時代の到来を喜んでいるのだった。

私は「これは文句なくおめでたいことだ」と感じ、うれしかった。が、その一方で、外国の占領下で、しかも自ら起草した憲法ではない憲法にしたがって、周囲で散発的に炸裂する迫撃弾を気にしながら投票することが「民主政治の第一歩」というのは何かおかしい、と感じていた。

放送用の撮影を終わったエリザベスを取り囲んだ群衆の中に、私もいた。

「みなさん、どうもありがとう」

と、彼女は周囲を見回し、大きな笑顔をつくる。

「これが本当に民主的な選挙だと思いますか?」

と、私は列の後方から大声で聞いた。

「もちろん、そうです。七〇%の人が投票したのよ」

とエリザベスは私を目で探して答えた。

「しかし、憲法はアメリカ製だ！」

と私は反論する。

「憲法起草委員会にはイラク人だけしか入ってないわ」

と彼女は、少し不機嫌そうに答える。

私は、周囲のイラク人たちに押し出されて、円陣の中央まで出た。

「憲法起草委員会は、アメリカ軍の支配下にあったことは貴女も知ってるだろう？」

と私は言った。

「私たちアメリカは、独裁者とテロ支援者からイラク国民を守るために軍を送っているのよ。私たちはイラクのために命を張ってるの！　アメリカ軍があるから民主的な憲法ができ、民主的選挙ができたんでしょう？」

エリザベスは、あくまでもアメリカを擁護する。

そこで、私はこう言った。

「貴女は本当にジャーナリストか？　ＡＢＣはブッシュの戦争を批判していたじゃないか！」

すると彼女は眉間《みけん》にシワを寄せ、唇を突き出して私を指差した。

「あんたはフセイン支持なのね。テロリストの一味ね！」

それを聞いて、周りのイラク人たちが一斉に私の方をにらみつけた。皆、赤く染まった人差し指を私に向けて突き出している。

「お前は、テロリストだ！」

と、エリザベスの目の前にいた体格の大きいヒゲづらの男が叫んだ。

「違う。ぼくは日本人の記者だ！」

と私は怒鳴《どな》り返した。

「日本人がそんな立派なヒゲを生やしてるもんか！」

と、今度は私のすぐ近くにいる子供が言った。

私があわてて自分の鼻の下に手をやると、ふさふさとした口ヒゲがあるだけでなく、ほほからアゴにかけても、長いヒゲで覆われていた。

遠くで「あの男を取り押さえろ！」という声がした。

私は身の危険を感じて、人ごみから抜け出そうと身を翻《ひるがえ》した。

「テロリストをつかまえろ！」という声が、私を後ろから追った。

と次の瞬間、私の背中に何か重いものがドシンとぶつかった。

私は機上の椅子に縛られたまま目を覚ました。搭乗機はたった今、那覇空港に着陸したところだった。

第三部　対話編

釈迦と悪魔

三月のあるうららかな日の午後、釈尊が菩提樹下で瞑想をされているところへ、悪魔がひょっこりやってきて問答を仕かけた‥

悪魔――これはこれはお釈迦さん、こんな陽気でも座禅三昧《ざんまい》ですか。私は少し妙な話を聞いたので、ちょっと教えを乞《こ》おうと思ってここへやって来たんですがね。

釈尊――何かね。

悪魔――いやね、私ゃ普段はユダヤ以西がテリトリーなんですがね、今日ははるばるインドまで来たってのはわけがありましてね、何でも二十世紀に日本という国で始まった宗教では、「悪はない」って教えているらしいんです。それだけでも十分奇妙な話ですが、もっと妙なのは、その「悪はない」って教えはお釈迦さんも説いたなんて言ってるそうでしてね、私ゃ「そんなバカな」と思ったんですが、仏教のことはあまり詳しくないんで、ひとつ教えを説いた張本人に聞いてみれば一発で疑問解消だと思いましてね。

釈尊――私が「悪はない」と説いたかどうか聞きたいというのか。

悪魔――そうです。

釈尊――何のために、それを知りたいのかね。

悪魔――そりゃ、お釈迦さん、私にとっては重大事ですから。

釈尊――なぜかね。

悪魔――だって、私は悪魔ですから。悪がないなら、私はいないってことになるでしょ。

釈尊――誰があなたを悪魔だと言ったのか。

悪魔――誰って、みんなです。地上でも天上でも霊界でもアストラル界でも、すべての生き物は私のことを「悪魔」って呼ぶし、私もそうだと思う。
釈尊――なぜあなたは自分が悪魔だと思うのかね。
悪魔――そりゃ、悪いからです。徹底的に悪い。
釈尊――どんなことをあなたは「悪い」と思うのかね。
悪魔――へへへ、お釈迦さん。最近の私の仕事、聞いてくださいよ。
釈尊――何をしたのか?
悪魔――二〇〇一年九月十一日ですよ。
釈尊――その日に何があったのかね?
悪魔――えっ、知らないんですか?
釈尊――私の前には極楽浄土があるのみだ。
悪魔――あっ、そう。じゃあ、話しがいがあるなぁ。簡単に言えば、何百人も人の乗った旅客機を、何千人も人が働く高層ビルにぶち当ててやったんです。ありゃぁスゴかったね。しかも一回じゃなくて、二回もね。三回目は残念ながら目的が逸《そ》れたから、犠牲者は少なかったですがね。

釈尊――大地震が起これば、そのくらいの数の犠牲者は出るのではないかな。

悪魔――えっ？　地震の方が私より悪いってこと？

釈尊――そうは言っていない。

悪魔――私が「徹底的に悪い」って言ったのはね、その惨事を全部神様のせいにしてやったからですよ。人間の世界ではね、あれは悪魔の仕業なんかじゃなくって、神の名において、信仰深きイスラム教徒がやったってことになった。だから、イスラム教徒は迫害されたね。そして、キリスト教徒が報復戦争を始めただけじゃなくて、ヒンズー教とイスラム教の信者の間にも今や戦いが起こっている。そういう様子を見て、神への信仰を捨てた人もいっぱい出た。「宗教を信じることは百害あって一利なし」ってわけですよ。こういうことは地震なんかにはできないね。

釈尊――で、それが「徹底的に悪い」という意味かね。

悪魔――そう。これ以上に悪いものは、地上にも天上にも霊界にもアストラル界にもない。

釈尊――なぜ、それが悪いのかね。

悪魔――えっ？　お釈迦さんは悪いって思わないんですか？

釈尊――昔、地球に落ちて恐竜を絶滅させたような隕石《いんせき》がまた落ちれば、人間は自分が助かるために世界戦争を始めるかもしれない。そんな時は、宗教などに構っていられないのではないか。

悪魔――あっ、また天変地異をもってきて、私の悪さを低めようとするのですか。意地が悪いなぁ、お釈迦さんは。

釈尊――如来《にょらい》に「意地」などというものはない。あなたの方が意地を張っているのではないかな。

悪魔――どういう意地です？

釈尊――自分こそが最悪でなければならないという意地だ。

悪魔――そりゃそうです。何しろ私は悪魔ですから。

釈尊――ところで、あなたはどうして九月十一日の事件が最悪だと分かるのかね。

悪魔――その質問にはもう答えたと思いますが？「徹底的に悪い」という理由は、前に話した通りです。

釈尊――いや、そうではなく、あなたはどうやって「やや悪い」とか「相当悪い」とか

「最も悪い」などというように、悪さを量ることができるのかね。あなたがもっている〝悪さの量り〟とは、どういうものかな。

悪魔――そんなこと、考えたことなかった。しかし、言われてみれば、確かに私は悪さをランクづけしてましたね。うん、そうです。その〝量り〟っていうのは、こういうことです。人間が希望していることをどれだけ裏切るか。人間の望みをどれだけ打ち砕いてやるかによって、悪さの度合いが決まりますな。私は悪魔だから、人間にとって最も絶望的な結果を引き起こすのです。

釈尊――ということは、人間は皆、善を望んでいるということかな。

悪魔――うっ、鋭い質問ですね。それは一概には言えませんね。ある人間が私の味方になった時、彼は悪を望むんです。あのオサマ某のようにね。

釈尊――それでは、オサマ某の方があなたより悪いこともあるのだね。

悪魔――そんなことはありません。オサマ某は私の入れ知恵によって悪事を起こしただけです。

釈尊――それでは、オサマ某はあなたがいなければ、悪事を起こさなかったということかな。

悪魔――その通り。

釈尊――では、オサマ某は根は善人ということになる。

悪魔――まあ、そういう言い方もできるでしょうが、「私がいない」なんてことはないから、彼は悪人なのです。

釈尊――ふーむ。ではそのことは、オサマ某だけに当てはまることかな。つまり、悪魔であるあなたがいなければ、オサマ某だけが善人でありえるのか、それとも、ほかの人間も皆、善人たりえるのかな。

悪魔――お釈迦さん、私は悪の根源です。私がいなければ、人間はみなエデンの園に今でもいる。

釈尊――では、悪の原因は人間にないのだから、この問題は結局、悪魔であるあなたが本当に悪いのかどうかという命題に帰着するね。

悪魔――お釈迦さん、何だかソクラテスみたいな話し方ですね。

釈尊――私は、古代ギリシャにいたこともある。

悪魔――そりゃそうだ。私もいたことがありますからね。
釈尊――それで、人間の問題は無視して、あなたが悪かどうかを検討することでいいかな？
悪魔――いいでしょう、あまりにも自明なことです。
釈尊――何が自明かね。
悪魔――私が最悪ってことです。
釈尊――それほど自明ではないと、私は思うね。例えば、あなたが持っている〝悪さの量り〟について考えよう。
悪魔――いいでしょう。
釈尊――その量りの長さは、どこまであるかな。つまり、「最悪」の所は九月十一日の事件だというけれど、「相当悪い」とか「やや悪い」という判断もあなたにはできるわけだね。
悪魔――それはね、私がどれだけ工夫するかによるんです。工夫すれば工夫するほど、どんどん悪くなる。
釈尊――その「悪さ」は、人間の希望を裏切る程度によって決まると言ったね。

悪魔——言いました。

釈尊——ということは、あなたは人間の希望をよく知っているということだ。

悪魔——そうなりますね。知らないでいて裏切ることはできませんから。

釈尊——とすると、ある人間が善いことをしようと思っていると、その意図も分かる。

悪魔——そうです。そして、そうならないように仕掛けをする。

釈尊——ということは、その人のしたいことが「善い」ということが分かる。

悪魔——そうですね。

釈尊——では、あなたの心には「善さ」に感応するものがある。

悪魔——「感応」という言葉は好きじゃない。人間の善さを「忌《い》み嫌う」ものがあるんです。

釈尊——しかし、感応しなければ忌み嫌うことはできないはずだが。

悪魔——じゃあ、感応して忌み嫌うんですね。

釈尊——だから、やはりあなたの心には「善さ」に感応するものがある。

悪魔——それがあると、どうだというんです？

釈尊——善さに感応するものは、善いものだけだ。

悪魔——感応した結果、悪を生み出してもですか？

釈尊——忌み嫌うからそうなるのだ。それをやめればいい。

悪魔——冗談言わないで下さいよ、お釈迦さん。善を忌み嫌わなくなったら、悪魔じゃない。

釈尊——悪魔じゃなくてもいいんだよ。あなたの中には「善」のセンサーがあるんだから。

悪魔——うーーん、何だか分からなくなってきた。「善」のセンサーは、それを憎むためにあるんだ。善を感知して破壊するためにあるんだ。それは、ネズミ捕りとかクマの罠《わな》と同じだ。獲物を感知して殺すだけだ。

釈尊——ネズミ捕りやクマの罠は、獲物を感知することはない。獲物の方がエサを感知して近づいてくるのだ。

悪魔——私もそうだ。人間の方が悪を感知して私に寄ってくるのだ。

釈尊——自分をゴマ化してはいけない。たった今、あなたは善を感知して破壊すると言ったではないか。

悪魔——お釈迦さん、いったいあなたは何を言いたいんですか？

釈尊——私が言いたいのではない。あなたが言ったのだ。

悪魔――何をですか？
釈尊――あなたは善を感知するセンサーをもっていると。
悪魔――だから？
釈尊――善に感応するのは善だけだ。
悪魔――それで？
釈尊――だから、あなたは善だ。
悪魔――あっはっはっはっは……。悪魔が善だったら、悪はない。
釈尊――その通りだ。
悪魔――だったら、悪魔は悪ですよ。だって悪はあるんだから。
釈尊――悪が悪だと分かるのは、善のセンサーがあるからだ。
悪魔――じゃあ、善のセンサーがあっても悪を行うのはなぜです？
釈尊――それはあなたが、仏の慈悲を受け入れないからだ。
悪魔――お釈迦さん、「仏」ってのは私の世界にはいません。
釈尊――じゃあ、「神」でもいい。あなたは神の愛を拒否しているから、善を知っていてもそれを憎む。その憎む心が悪を現すのだ。

悪魔――悪魔である私が、神の愛を受け入れるはずがない。

釈尊――なぜ。

悪魔――だって、悪魔は神から愛されていない。

釈尊――あなたが勝手にそう思っているだけだ。神はあなたを愛している。

悪魔――何を言うんです。根拠のないことを言わないでください。

釈尊――善のセンサーをもっていることが、何よりの証拠だ。

悪魔――しかし、それを悪用する。

釈尊――ほら、そのことだ。自分のしていることが「悪用」だと分かるのは、どうすれば善用になるかを知っている証拠だ。その善なる知識に素直に従えばよいのだ。

悪魔――悪魔に善知識があるっていうんですか。

釈尊――自分を悪魔と呼ぶのをやめなさい。善のセンサーをもち、善知識のあるものは悪魔ではない。

悪魔――それでは、私の生きている意味がない。

釈尊――神はあなたを愛し、善のセンサーも善知識も与えてくれた。それを素直に認め、神の一部として生きればよいのだ。

悪魔――お釈迦さん、それでは悪はなくなってしまう。

釈尊――悪はもともと存在しない。存在しないものに執着して、それを自己だと思ってはいけない。悪は必ず善に通じる。それは悪が見せかけの存在だからだ。恐竜の絶滅は人類の地球への誕生につながった。奴隷制度は多民族共存の制度につながり、第二次世界大戦は国際連合や国際経済制度につながった。九月十一日も、いつか必ず善なる結果に通じるだろう。いずれなくなってしまう悪に自己を執着させることは、無意味だ。悪魔など存在しないのだ。

悪魔――私は存在しない……。

釈尊――そうではない。あなたは本当は天使であり、仏なのだ。

悪魔――ああ、お釈迦さま！　私の体が消えていく。

釈尊――消えゆくものは本物ではない。あなたは神の子として、如来として生まれ変わるのだ。

悪魔——あぁ……。

釈迦と行者

強風が吹きすさぶ四月のある日、ヒマラヤの中腹にある洞窟の中で瞑想をしている釈迦のもとに、行者の格好をした顔面蒼白の男が近づいてきて言った‥

行者——お釈迦さん久しぶりです。お元気でお過ごしでしたか?
釈迦——(半眼の目を上げて男を見て)さて、どなただったかな。
行者——私です。十年前に一度ここへ参りました。その時は、頭に角《つの》が生えていたかもしれません。あなたが「悪はない」と仰《おっしゃ》ったので、角は取れてしまいましたが……。
釈迦――ああ、君か。自分は悪魔だと主張していた人だね。ずいぶん顔色がよくないが。
行者――そうです。悩みが深くて、調子が悪いんです。だから、お釈迦さんに助けていただこうと思って来ました。
釈迦――今度は、何を悩んでいるのかね？
行者――この前の話のおかげで、人間とは別の、悪の第一原因であるような「悪魔」などいないということは分かりました。だから、私は「自分が悪魔である」という先入観念から解放されました。そのことは大変ありがたくて、お釈迦さんに何度お礼を言っても足りないくらいです。だから私はあの後仏門に入って、もっとお釈迦さんの教えを勉強しようと決意しました。ところがどんなに修行しても、私は悟りに達することができないのです。
釈迦――悟りに達するとは、どういう状態をいうのかね。
行者――それは、悩みから解放されることです。
釈迦――で、君の悩みとは？

行者――悪があるということです。

釈迦――悪があってはいけないのか。

行者――もちろん、いけません。私は仏門の導師から、あらゆる生物に同悲同慈の心を起こすことを教わりました。だから、罪のない人や生物が無為に殺されていく姿を見ると、胸が痛みます。気が滅入ります。そして、どうして自分にはこのような悪を防ぐ力がないのかと、自分を責める気持が湧《わ》いてきます。

釈迦――君はなぜ、悪を防がねばならないと思うのかね。

行者――それは、死んだり苦しんでいる人々や、生き物の無念さを感じるからです。彼らが抱く「もっと生きたい」という思い、「もっと楽になりたい」という願い、「もっと自分を表現したい」という情熱。これは皆、正当な願いだと思うのに、それが死や病気や災難によって無惨にも否定されていく。私はそれを、黙って見ていられないのです。

釈迦――すると、君の言う「悪」とは、人々や生物の抱く希望が実現しない状態ということかな。

行者――単なる希望ではありません。「正当な権利」が無惨に剝奪《はくだつ》されることです。

釈迦――それが「正当」だと、どうして分かるのか。

行者――生まれてまもない子が死にます。無辜《むこ》の少女がレイプされます。新婚カップルの乗った列車が衝突します。芸術家が手を失います。数学者が脳腫瘍で廃人となります。こういうことは、あってはならない悪ではないでしょうか？

釈迦――なぜ、あってはならないと思うのか。

行者――罪もないのに、責任もないのに、むごい仕打ちを受けるからです。

釈迦――前世に因《いん》があるかもしれず、自ら選んで不幸を望むものもいる。

行者――しかし、前世のことは本人には分からない。

釈迦――分からないほうがいい場合が多いのだが。

行者――そんなことはない、と思います。自分の苦しみが過去世の何を因としているかが分かれば、納得する気持になれます。

釈迦――諦《あきら》めの人生に価値があるというのかね。

行者――諦めるのではなく、納得するのです。

釈迦――納得すれば、その状況を改善し、乗り越えていこうとする力が出てくるだろうか？

行者――………。

釈迦――自分や他人の不幸が、前世からの業《ごう》であると納得すれば、それが救いになるだろうか？

行者――分かりません。しかし、少なくとも人生は「不合理」であり「不条理」であるとする造物主への怒りや、呪いは消えます。

釈迦――そういう不合理や不条理の感覚を、二十世紀の社会心理学者は「認知の不協和」と呼んだ。この感覚があるから、人間には自己変革や社会改革の力が出ると、その人は考えた。

行者――悪は、善のためにあるというのですか？

釈迦――私は「悪がある」とは言っていない。

行者――死やレイプや、ケガや障害は悪ではなく、善なのですか？

釈迦――因果の法則が存在するかぎり、善因は善果を生み、悪因は悪果を生む。悪果は、それ自体を見れば確かに悪いが、悪因から悪果が生じることは因果の法則が働いている証拠だから、それはある意味では〝善い〟とも言える。法則が働かないことは、悪果が生じるよりはるかに悪い。なぜなら、どんな積善の人も善を得る保証がなくなってしまうからだ。また、悪によっても善を得る道があることになり、人々は善を行わなくなってしまう。悪因が確実に悪果を招くと知ることで、人々はやがて悪を選択しなくなる。

行者――しかし、前世の記憶が人々になければ、今生《こんじょう》の悪が前世の悪因から来ていることを知ることはできません。

釈迦――人間は、現世の出来事のすべての原因を理性によって知る必要はない。

行者――なぜですか？

釈迦――あまりに荷が重いからだ。記憶が時とともに薄れるのは、救いの働きでもある。君が今、赤ん坊の時代からのあらゆる体験をすべて鮮明に記憶していたとしたら、その重圧にはたして耐えられるか？

行者――…………。

釈迦――母の産道を通った時から、初めて目が見えた時、何度も転んで体のあちこちを打った時、食べ物でないものを食べた時、ケガをした時、手術の痛さ、雑踏の中で母を見失った時の絶望感、様々な未知のものへの恐怖……人間の心は、耐えがたい苦しみや恐れを「忘れる」ことで克服するようにできている。そのことは、現代の心理学者ならずとも知っている。

行者――悪果も忘却も不知も、すべて善いというわけですか?

釈迦――観点を変えれば、悪は消える。悪とは本来そういうものだ。

行者――しかし、現世の悩みの原因が過去世にあるのだとしたら、私はやはりそれを知りたい。

釈迦――何のために?

行者――知れば、もっと積極的に善を行うことができるでしょう。

釈迦――それでは、本当の意味での善行ではない。善果を得るために善を行うのでは、一種の功利主義だ。善行を、自己の利益を得るための手段にしている。ただ善のためにのみ善を行う――それが本来の善行であり、そのためには妙な理性や理屈は邪魔になることもある。

行者――お釈迦さま、私の悩みの原因がわかりました! 私は、人々に誇示できるような大きな善行をしたかったのです。世の中の〝悪〟をすべて無くすような、何か大きな仕事をしたかった。しかし、それは利己主義の裏返しであることが今わかりました。

釈迦――ユダヤの聖人も言っている、「私の兄弟であるこれらの最も小さい者のひとりにしたのは、すなわち私にしたのである」と。ただ自らの良心にしたがって善を行えばよい。

行者――分かりました。ありがとうございます、お釈迦さま。

ハエって悪い虫？

太郎――お父さん、北海道の知床《しれとこ》が世界自然遺産になったって、どういうこと？
父――人に汚されてない本当の貴重な自然が残されているのが、認められたんだ。
太郎――ふーん。でも、人が住んでいない自然なんて、たくさんあるんじゃない？ たとえば高尾山とか。
父――人が住んでいないだけじゃなくて、人によって自然が変えられてない所がいいんだ。
太郎――でも「自然がいっぱい、高尾山」って言うじゃない？

父――あぁ、そうか。それは、自然界にあるものがいっぱいあるっていう意味だよ。
太郎――それだけじゃ、世界自然遺産にはならないの？
父――ならないね。だって、父さんがよく行くゴルフコースにだって、自然はいっぱいあるだろう？
太郎――うん、ある。芝生も木も、池も松ぼっくりも……。
父――でも、ゴルフコースを作るには、森林を壊したり、山を削ったり、土を入れ替えたりして、もともとあった自然とは別のものを作るんだ。
太郎――へぇー、知らなかった。
父――おまけに、あのきれいな芝生は、薬をたくさんまいて雑草が生えないようにしてあるんだ。
太郎――それじゃ、全然自然じゃないね。
父――そう。すごく「不自然な自然」って言えるね。
太郎――変なの……。でも、そうやって作った自然もきれいじゃん？
父――まぁ、そうとも言える。

太郎——世界遺産は、きれいなだけじゃいけないの？
父——本当の自然は、きれいなだけじゃない。クマだってオオカミだっている。
太郎——シカやウサギもいるんでしょ？
父——知床にはいると思うよ。
太郎——クマやオオカミはいない方がいいけど、シカやウサギはいてほしいよ。
父——どうしてだい？
太郎——だって、クマやオオカミは人間に害を与えるけど、シカやウサギはおとなしい動物だよ。
父——今はシカの数が増えすぎていてね、木の芽や皮をはいで森に被害が出てるんだ。ウサギだって、増えすぎれば畑に被害を及ぼすさ。クマやオオカミがいれば、シカやウサギを食べてくれるから、数が増えすぎないですむ。
太郎——でも、シカやウサギがかわいそうだよ。
父——自然界では、かわいそうなことはいっぱいあるさ。
太郎——知ってる。このあいだ、カラスがカエルをくわえてた。

父――それは、いいことだろうか、悪いことだろうか？
太郎――うーん。かわいそうだけど、仕方がないことかな……。
父――かわいそうだったら、カラスにやめさせるべきかな？
太郎――どうやって？
父――例えば、日本中のカラスに餌をあげるのさ。そうしたら、カエルを食べなくたっていい。
太郎――そんなのはおかしいよ。
父――なぜかな？
太郎――だって、カラスは悪い鳥でしょ？
父――どうして、そう思う？
太郎――よく分からないけど、黒くて不気味だから。鳴き声も好きじゃない。
父――自然界に「悪い鳥」なんているだろうか？
太郎――カラスは恐怖映画にも出てくるよ。悪魔の使いみたいだよ。
父――人間が「不気味」だとか「気味悪い」とか感じるものが、本当に悪い動物かな？

太郎――ゴキブリや蚊やハエは、悪い虫でしょ？
父――人間にとっては「悪い」と言えるけど、自然界では重要な役割があるはずだよ。
太郎――どんな役割？
父――ぼくは専門家でないからよく知らないけど、ゴキブリは残飯処理をするし、蚊の中にはボウフラ時代に他の蚊を食べるものもある。それにハエは、動物のウンチを処理してくれるって聞いたよ。
太郎――へぇー、ウンチを食べるの？
父――そう、モリモリ食べるんだって。
太郎――だから「キタナイ」って言われるんだね。
父――そうさ。でもね、ハエの幼虫はウジムシだろ。それをヒヨコの餌にして、ニワトリを育てることができる。すると、ニワトリの糞《ふん》からニワトリを生み出すという魔法みたいなことができるんだ。
太郎――ええと……ちょっと待ってよ、父さん。どうやってそんなことができるの？
父――ハハハハ……、ちょっと急いで言い過ぎたかな。ゆっくり考えてごらん。まずニワトリを飼っていると糞がたまるだろう。その糞にハエが卵を産みつける。卵がかえって、ウジムシがニワトリの糞を食べる。成長したウジムシをヒヨコに餌として与える。やがて、ヒヨコが成長してニワトリになる。だからハエのおかげで、ニワトリの糞からニワトリが成長したことになる――分かるかな？

太郎――うん、わかった、わかった。スゴイしくみだね。

父――自然界にニワトリだけがいたとすると、世界はウンチであふれてしまうけど、そこにハエが加わると、ウンチが無害化されてニワトリが増えることになるんだ。もちろん、ハエも増えていくことになる。

太郎――「共存共栄」って、こういうことだね。

父――自然界には、ほとんど無限の種類の生物がいるから、そういう関係も無数にあるんだ。

太郎――人間が見て〝悪い〟と思う生物も、自然の中では〝善い〟働きをするんだね。

父――じゃあ、太郎はハエやゴキブリが好きになったかな？

太郎――うーん、わからない。好ききらいと、よい悪いの問題は違うような気がする。

父――それは大切な発見だよ。ハエのことを「悪い」と考えたら、地上からハエをなくしてしまわないといけないと思うけど、ハエをただ「きらい」なだけで、自然界で役に立つことがわかれば、人間はハエと距離をもって生きていけることになる。

太郎――でも、食事中にハエが飛んできたら、どうするの?

父――追い払えばいい。しかも、敵意をもたないで追い払うのがいい。

太郎――「こっちに来ないで!」と思って、追っ払う。

父――それでも、また飛んで来たら?

太郎――また、追っ払う。

父――何回でも飛んできたら?

太郎――何回でも追っ払う。

父――牧場に行ったときのこと、憶《おぼ》えてるか?

太郎――うん、ぼくも今そのこと思い出してた。ウシは尻尾を振って、何回でもハエを追っていた。

父――人間はもっと考えて、ハエ帳やハエ取り紙を発明した。そのくらいの工夫はいいと思うけど、殺虫剤を大量に撒《ま》いてハエを全滅させるのでは、「敵意をもっている」と言えるね。「悪い虫だ」「害虫だ」と考えている。

太郎――クマやオオカミのことも、そう考えればいいんだね。

父――うん、父さんもそう思う。でも、こういう〝心の持ち方〟の問題は、実際はなかなか難しい。人の心の持ち方は、その人が決めるほかないからね。

シカの肉

太郎——お父さん、今日、テレビでシカの肉を食べる話をしていたよ。数が増えたから、殺して食べるんだって。それって、いけないことじゃないの？

父——どうしてそう思う？

太郎——だってこのあいだ、シカがいっぱいいる知床《しれとこ》の自然が世界遺産に認められた話、してたじゃない。シカは保護されるべきじゃないの？

父——でもね、増えすぎるとほかの生物を圧迫するんだ。例えば、森の木の芽や皮をむいて枯らしてしまう。それから、人間の栽培している作物をどんどん食べてしまう。

太郎――だけど、自然界にはクマやオオカミもいるから、シカを食べてくれるんでしょ。人間がわざわざ食べることはないいんじゃないかな。

父――日本の山にはクマはいるけど、オオカミはいないんだ。それに、クマが食べきれないほどシカの数が増えれば、人間が殺すことが必要になることもある。

太郎――でも、シカは何も悪いことしてないのに……殺して食べるなんて……。

父――太郎、お前の気持は分かる。でも、ウシだってブタだって何も悪いことしてないのに、牛丼やトンカツにされてるだろう？

太郎――じゃあ、どんな動物も人間がしたい放題《ほうだい》にできるの？

父――それは違う。人間は、できるだけ動物を殺さずに生きていくのがいいんだ。でも、それをあらゆる人に強制することはできない。人間の自由意思は大切だからだ。

太郎――でも、自由に泥棒《どろぼう》をしたり、人を殺したりはできないでしょう？

父――うん、できない。泥棒や殺人は「してはいけない」と人間同士が合意して決めて、そして法律になっている。だから、その法律を破って泥棒や殺人をすれば、人は大切な自由を奪われて監獄に入れられても仕方がない。しかし、「何を食べるべきか」なんてことを決めた法律はないから、そこは人間の自由意思に任されているんだ。

太郎――じゃぁ、シカは殺して食べてもいいの？

父――法律上はいいことになっている。でも、道徳的にはいけないとも言える。

太郎――何かむずかしくて分からないなぁ……。

父――そうだね。説明がむずかしすぎたね。じゃあ、こう考えたらどうだろう。シカの肉を食べても、誰にも怒られないとしよう。それを太郎が食べて、けっこうおいしかったけど、何か自分の心に「いけないことをした」と感じたとしたら、それが道徳というものだ。「道徳」という言葉がむずかしいなら、「良心」といってもいい。心の中にいる「神さま」だといってもいいかもしれない。

太郎――そういう心の中の「声」の言うことを聞けばいいんだね？

父――そうだ。

太郎――わかった。

父――ところで、太郎はどうしてシカを食べるのを「いけない」と思ったんだ？

太郎——小さいとき、シカと男の子が仲良く暮らすアニメを見たことがある。それから、動物園でシカにおせんべいをあげた。すごくやさしい目をしていたよ。
父——そうか。それでシカは優しい動物だと思ったんだね？
太郎——それに走ってるところなんて、すごくきれいだと思った。
父——それじゃ、ウシやブタを見たことがある？
太郎——図鑑《ずかん》や缶づめの絵なら、見たことがある。
父——そうじゃなくて、本物の生きてるウシやブタだよ。
太郎——ウシだったら、学校で遠足に行ったとき、遠くから見たことあるよ。
父——ブタは？
太郎——ない。
父——ウシはおとなしい動物で、穏やかな目をしているよ。ブタだって清潔ずきで、りこうなんだ。
太郎——へぇー、知らなかった。
父——そういう動物と仲良くなると、殺して食べるなんてことはできなくなるよ。

太郎――心の中の「声」が「かわいそうだ」って言うんだね。
父――きっと、そうだ。
太郎――それじゃ、牧場の人たちは牛肉やブタ肉を食べないの？
父――たぶん、食べる。
太郎――そういう人は心の中の「声」を聞かないの？
父――たぶん聞くと思う。しかし、ほかにも色々なことを考えてから食べるんだと思う。
太郎――それでいいの？
父――自分が何を食べているかよく考えないで、ただおいしいから食べるという人より、ずっといい。
太郎――どうして？
父――自分が大切に育てた動物を、気楽に殺すわけにはいかない。それを食べるとしたら、なおさらつらい。そこに「いけないことをしている」という罪の意識とか、自制心が働くだろう。しかし、動物の顔や形や、鳴き声や体温を知らない人たちは、罪も感じないで、満腹になるまでどんどん食べる。「食べ放題」の店なんかは、そういう人が行く所だ。「すまないなぁ」と感じてる人は、あんなに食べ残したりしない。「尊い命を大切にする」という心が生まれないと、食料をすごくムダ使いすることになる。

太郎——そうか。ぼくはトンカツが大好きでお腹いっぱい食べてたけど、いけないことなんだね。

父——今度の休みに、お母さんと一緒に牧場へ行ってみようか。そこでしっかり動物たちを観察してから、トンカツや焼き肉のことを考えようか。

太郎——うん。でも何かコワイ気がしてきた。

父——ははは、大丈夫だよ。心の中の「声」は太郎の「本心」なんだよ。本心が満足すれば、何もコワクないさ。

台湾ザル、追わざるか

次郎――ねぇ、父さん。外国の動物は日本にいてはいけないの？
父――そんなことはないさ。イヌやネコは外国産がいっぱいいるだろ？
次郎――でも、外国産のサルは殺されるんでしょう？
父――どうして？　動物園にはチンパンジーもゴリラもいて、人間が世話してるだろう？
次郎――そうじゃなくて、自然の山にいるサルのことだよ。
父――あぁ、そうか。台湾ザルのことだね？

次郎――うんそれそれ……学校で話聞いたんだけど、台湾のサルが日本のサルと混血しちゃいけないの？

父――混血がいけないというよりは、繁殖力の問題だと思う。

次郎――ハンショクリョク？

父――うん、子供をたくさんつくる力のことさ。

次郎――子供をたくさんつくるサルはいけないの？

父――そうじゃなくて、台湾ザルが台湾にいるのは全然問題ないんだけど、日本へ来るとニホンザルより繁殖力が強ければ、ニホンザルの住む場所や食糧を奪って、ニホンザルが減ってしまう危険性があるからね。

次郎――そんな理由で殺してもいいの？

父――理由は、たぶんそれだけじゃない。作物の被害も深刻になっているし……。

次郎――でも、ニホンザルも作物を食べるんでしょ？

父――そう思う。

次郎――それなら、ニホンザルも捕まえて殺すことにならない。

父――そうしたい人はいると思うよ。
次郎――じゃあ、どうして台湾ザルだけ殺すの？
父――うーーん。むずかしい質問になってきたね。これはね、生物多様性の問題なんだ。
次郎――セイブツタヨウセイって何？
父――ある地域に、その地域独特の種類の生物がたくさん生きているということさ。
次郎――それはいいことなの？
父――いいことさ。日本にはニホンザルだけじゃなくて、カモシカとかチョウとか魚や植物も含めて、日本にしかいない生物がいっぱいいる。そういう状態を守っていくことが大切なんだ。
次郎――どうして？
父――それは、むずかしい言葉では生態系の維持ということ。簡単に言えば、自然のバランスを守っていくことが、人間にとっても利益をもたらすことになるからさ。
次郎――ふーーん、よくわからないけど……。
父――それはね、人間も自然の一部で、自然のバランスのおかげで生き続けているからさ。

次郎――自然のバランスって、どういうこと？
父――例えば、ぼくたち人間がいろんな種類の花や木や、魚や貝や、鳥や獣といっしょに生きていけるということかな。
次郎――それだったら、ぼくたちの周りには自然のバランスがいっぱいあるよ。
父――どうしてそう思う？
次郎――だってデパートやスーパーへ行ったら、いろんな野菜や果物や魚や、肉類がいっぱいあるじゃん。
父――しかし、それは日本産かな？
次郎――うーん、わからない。
父――こんど母さんと行ったときに、よく見てごらん。ほとんどが外国産だよ。
次郎――外国産だと、自然のバランスじゃないの？
父――外国の自然と、日本の自然は同じじゃないだろう？
次郎――自然はみんな、同じじゃないの？
父――みんな違うと言ってもいいと思う。アラビアの砂漠や、アマゾンのジャングルや、見渡すかぎりの大平原なんかは、日本にはないよ。

次郎――そうか。鳥取砂丘や北海道の大平原ではダメなの？

父――ダメってことじゃないけど、大きさが全然比較にならない。

次郎――そうか。そういう違う自然の中に、それぞれのバランスがあるんだね。

父――その通り、よくわかるね！

次郎――でも、バランスってことが、まだよくわからない。

父――さっき砂丘の話が出たから、それで言えば、砂地の中で生きていける植物や動物がそこにはいる。それがバラバラに分かれて生きているんじゃなくて、ある砂地の植物のおかげで別の動物が生きていて、その動物のおかげで別の菌類――つまり、カビや細菌なんかが生きている。そして、そういう微生物を植物が利用していたりする。お互いにギブ・アンド・テイクの〝環〟みたいなものを作って生きているんだ。それを「生態系のバランス」と言うんだね。で、このバランスは「砂丘」という特別な環境があるから成り立っている。

次郎――じゃあ、台湾ザルは台湾の環境にいるのがバランスで、ニホンザルは日本にいるのがバランスなんだ。

父――そういう言い方もできる。

次郎――じゃあ、台湾ザルを殺さないで、台湾にもどせばいいんでしょ？

父――理論的には、そういうことになる。

次郎――なぜ、そうしないの？

父――それはたぶん、お金がかかりすぎるし、台湾の人が賛成してくれないとできないからね。

次郎――そうか……台湾では、やっぱり作物を食べてしまうしね。

父――「殺す」という方法がいちばん簡単なんだと思う。

次郎――でも、すごくかわいそうな気がする。

父――父さんも、そう思うよ。

サルの心、人間の心

次郎——父さん、今日学校で先生に自然のバランスのこと聞いたんだ。

父——ええと、何のバランスだい？　平均台を歩けるってことか？

次郎——そうじゃなくて、この間、父さんと話したセイタイケイのこと。サルとかシカの話だよ。

父——ああ、そうか。自然の生態系のバランスのことだね。

次郎——うん、そのことでね、台湾ザルをつかまえるって話なんだけど、学校の先生は混血のサルがいてはいけないっていうのは、一種の人種差別みたいなもので、間違った考え方だっていうんだ。

父——ほう、面白い考えだね。

次郎——それでね、ぼくと同じクラスに「K君」って子がいるんだけど、K君のお父さんはイギリス人で、お母さんは日本人なの。でも、K君が「混血だからいけない」っていうのは、間違った考えなんでしょう?

父——うん、それは間違いだ。

次郎——じゃあ、台湾ザルとニホンザルの混血がいけないっていうのも、間違った考えじゃないかって、先生は言うんだよ。

父——なるほど、理論的だね。

次郎——父さんは、どう思う?

父——こいつは、かなりむずかしい質問だ。

次郎——そんなこと言わないで、答えてよ。ぼく、わかんなくなっちゃった……。

父——そうか……でもね、人間とサルはずいぶん違うんだよ。

次郎――何が違うの？　毛が生えているから？　シッポがあるから？
父――いちばん違うのは、脳が発達しているかどうかだね。
次郎――脳ミソの量が多いかどうかでしょ？
父――そういう大きさや量のことだけじゃなくて、「心」が発達しているかどうかなんだ。
次郎――心が、どうして自然のバランスと関係があるの？
父――次郎は、鏡を見るだろう？
次郎――うん、毎日見る。
父――鏡を見ると、何が映る？
次郎――ぼくの顔。
父――どうして、それが自分の顔だと分かる？
次郎――だって、ぼくの顔だから。
父――でも、次郎は自分の本当の顔を見たことないだろ？
次郎――えっ、それどういう意味？
父――鏡に映る顔は、左右が反対なの知ってるだろ？

次郎――ああ、そうだ。忘れてた。

父――自分の本当の顔を見たことがないのに、どうして「自分の顔」がどういう顔だか分かるんだい？

次郎――でも、写真には左右がきちんと写ってるよ。

父――でも、普通の写真は、鏡で見るより小さい顔だろ？　鏡に映った顔と写真の自分の小さな顔を見比べたことなんかあるか？

次郎――ないと思う。

父――じゃあ、どうして鏡の中の顔が自分だと分かるんだい？

次郎――うーーん……鏡を見て笑えば鏡の中の顔も笑うからかな？

父――そうだ、いいセンいってるぞ。

次郎――それに、片目をつぶったり、舌を出したりすれば、鏡の中の顔も同じことをする。だから、これが自分の顔だと分かるんだ。

父――その通りだ。そう分かったときに「自分」がどういう人間であるかという、自分についての「意識」をもつんだ。

次郎――なんか、むずかしいなぁ……。
父――簡単に言えば、自分が他人とは違う一人の人間だと気がついていることを「自分を意識する」っていうんだ。
次郎――そんなことが、「心」とどういう関係があるの？
父――たいていの動物は、鏡を見ても、その中にいるのが自分だと分からないんだ。
次郎――ふーーん。じゃあ、何が映ってると思うの？
父――自分と同じ種の別の動物がいると思う。それで吠えついたり、攻撃したりするんだ。
次郎――人間はそれが自分だと分かることと、混血の問題とどういう関係なの？
父――たいていの動物は「自分」というものの意識、あるいは「自分」というイメージを持てないから、「他」という意識も生まれない。「他」というのは「自分以外のもの」だからね、「自分」が分からなければ「他」も分からないことになる。
次郎――なんだか、すごくむずかしいなぁ……。
父――そうかもしれない。じゃあ次郎、「同情する」って分かるだろう？
次郎――うん。他人のことを自分と同じように考えることでしょ。

父――そうだ。自分を他人の立場に置いて、他人の心を感じようとすることだ。
次郎――いじめられている犬がいたら、かわいそうだと思うこと？
父――そう、そういうこと。これは「自分」と「犬」をはっきり意識して、そのうえで自分が犬になり代わって感じることだ。そういう複雑な心の動きは、人間と「類人猿」と呼ばれる高等な霊長類の一部にしかないんだ。
次郎――つまり、他の動物はみんな利己主義ってことかな？
父――「利己」という言葉は「自己に有利」という意味だから、そこには「自己」の意識が必要だ。だから、「自己」の意識が発達していない普通の動物は、利己主義というよりは「利種族主義」とでもいうのかなぁ……サケが卵を産むためには、もう死にもの狂いになって川を上るだろう？　ああいう、自分には利益にならないことも懸命にやるんだ。
次郎――それで、混血は自分の利益にならないの？
父――混血は、自己の問題じゃなくて、種族の間の問題だ。種族のもっている共通遺伝子がどうやって次の世代に引き渡されるかの問題だ。

次郎——父さん、むずかしくて分かんないよ。
父——そうか。それなら、サルの例で言おう。台湾ザルは尻尾が長いが、ニホンザルは短い。この「尻尾が長い」ことが生きるために有利に働いたとしよう。すると、長い間のうちに、尻尾の長い種類のサルが生き残って、短い種類のサルは減ってしまう。これがサルの世界だ。しかし人間の世界では、生存に不利な特徴をもった人が生まれても、「かわいそうだ」とか「助けてあげよう」とか「人類は平等だ」とか思う人が出てきて、そういう不利な特徴の人たちも残っていく。また、混血によって、いろいろな特徴が互いに混ざり合いながら後の世代の人間に引き継がれていく。人間とサルとでは、結果がずいぶん違うだろう?
次郎——サルでは、混血によって特徴が減るのに、人間はいろんな特徴の人が残るんだね。
父——そう。だから、人類全体にとっても生存に有利な結果になる。ただし、その前提としては、人類がお互いに「助け合う」ということが必要だ。それが「心」が発達している人類が進化の過程で獲得してきたすばらしい特徴だからね。
次郎——そうか。だから「親切」や「同情」を教える宗教が人類には必要なんだね。

父――えらい！　よく分かったね、次郎。だから、人間が宗教や倫理を失えば、きっとお互いが戦い合って絶滅することになる。父さんは、そう思う。

次郎――人間とサルを同じに見ちゃいけないんだね。今度、先生にそう言ってみよう。

ガイコツの踊り

（ある暑い夏の夕、托鉢《たくはつ》を終えた良寛和尚が町はずれの木蔭まで歩いてきて、岩の上にゆっくりと腰を下ろす。）

和尚――どっこいしょ……っと。ああ、くたびれた。トメ婆《ばあ》さんも、玄爺《げんじい》さんも、なかなか分かってくれんようじゃ。（と言いながら、キセルを取り出して煙草に火を点《つ》ける。キセルから煙草を大きく吸い込み、煙を吹き出しながら……）

和尚――ふぅーー。トメ婆さんは、嫁のノロマが我慢できんというがねぇ、嫁さんはあれでよくやっとるよ。ただちょっと、頭の回りが遅いだけでね。「注意深い」と言ってもいい……。毎日ヤンヤ言われていたら、注意深くなるものさ。トメ婆さんは、息子に嫁が来てくれた縁で〝ノロマの嫁〟との問題が出てきたのだから、それがイヤなら別れるまでさ。ところが婆さんは、「嫁のノロマが治ればいい」と言ってきかん。ノロマはのんびりしていて、いいものだよ……。（と言いながら、ゆっくりと煙草をもう一服する。）

（良寛の腰かけている岩の陰から、カメが一匹出てくる。それを見つけて……）

和尚――おおおお、のんびりカメさんのお出ましだ。（と言って、腰を上げてカメの傍に行き、脇にしゃがみ込む。カメは驚いて、頭や手足を甲羅の中にしまい込む。）

和尚――ほほほほ……驚かせちゃったね。甲羅の中にお隠れだ。では、待つとしよう。

（良寛はカメから少し離れて、しゃがんだ姿勢のまま腕組みをする。そして時々、煙草を吸う。）

和尚――ウサギは、これが我慢できなかったね。自分の尺度で相手を見るから……こんなノロマとつき合っていられないってね。

（カメはゆっくりと手足を伸ばし、頭をもたげて良寛を見る。）

和尚――やあカメさん、今晩は。これからお食事ですかな？
（カメは、またノソノソと歩きだす。）
和尚――では、ご一緒しましょうか。（と言いながら、カメの歩く方向へ横へにじってい
く。）
（しばらく行くと、カメは草むらへ入っていく。良寛は見送る。）
和尚――ああ、カメさんいってらっしゃい。どうかおいしい食事にありつけますように
……。（と合掌する。）
（目を開いた時、草叢の中に何かを見つける。）
和尚――はて、あれは何か？　人の着物のようだが……。（と言いながら、草むらへ足を
踏み入れる。）
和尚――おお、人が倒れておる。もしもし、大丈夫ですか？　どこか具合が悪……（と
言って黙る。）
（良寛が草むらから跳び出してくる。）
和尚――おお、何ということだ。死んでから相当日がたっておる。南無阿弥陀仏、南無

阿弥陀仏……（と言いながら、草むらに向き直って合掌する。やがて、その場に正座して経文を唱える。）

（経文を唱え終わると、草むらに向かって深々と一礼し、立ち上がる。）

和尚――何か知らぬが深い縁で、私はこの御人と会うことができた。それをカメが導いてくれた。そのカメに会うために、私はあの岩の上に座ったのだ。岩までたどりつく前には、トメ婆さんと玄爺さんと話し込んでいた。爺さんの家からこちらへ向かったのは、一羽のトビが空で円を描きながら、この方向を示してくれたからだ。爺さんの家に托鉢で訪れたのは、朝の祈りの中でこの老夫婦を思い出したから。つまり、御仏の導きだ。すべての縁が、渾然《こんぜん》一体となって私を導いてくれる。これが人の生というものだ。ありがたい、ありがたい…。すべてのものが御仏の使いなり。悉皆成仏《しっかいじょうぶつ》、悉皆成仏……。

（良寛は、一度腰かけていた岩のところへもどり、再び腰を下ろす。）

和尚――今年はあいにく飢饉《ききん》が続いて、大勢の人たちが亡くなったが、この御人は貧しい服装ではないから、追剝《おいは》ぎにでも襲われたのだろう。さぞ無念だったろう。しかし、たとえ短い命であっても、「この世に生まれる」という最初の縁があったことで、大勢の人々、数限りない物事との縁が次々と生まれ、それぞれの縁が御仏の導きを多くの形で示してくださっていたはずじゃ。この御人が、それに気がついてくれればよいのぉ。富は悟りの因《いん》にあらず。長命は悟りの因にあらず……悉皆成仏、悉皆成仏。（と再び合掌する。）

（その時、一陣の風が辺りを駆け抜けたかと思うと、草むらから骸骨が起き上がって、良寛の前で手を打ちながら踊り始める。）

骸骨――シッカイジョウブツ、シッカイジョウブツ……。（その声の主は、初めは一人であるが、しだいに数が増えてくる。）

和尚――おお、何とありがたいことか。御人は気づいてくださったぞ。

（良寛が周囲を見回すと、あちこちからも骸骨が立ち上がってきて、同じように手を打って踊り出す。）

骸骨たち――シッカイジョウブツ、シッカイジョウブツ……。

（良寛も、骸骨たちに合わせて踊り出す。）

第四部　最後は童話風に……

ウサギとカメ

ある島に、ウサギとカメが住んでいました。ウサギはすばしこくて、走るのが得意で、いつも競争相手をさがしていました。カメはゆっくり動くのが好きで走るのは遅かったですが、自分のまわりのものによく気がついて、ていねいで、根気が強いのでした。

ウサギは島にすむイヌやネコと競走しても、足の速さでは負けません。だから時々たいくつすると、イヌやネコをからかって自分を追いかけさせ、一緒に走りながら運動不足を解消するのでした。

「ぼくは、島いちばんのランナーさ！」

と、ウサギは大得意でした。


カメはウサギがそんな競走に熱中しているのを見ても、いつも知らん顔をしていました。そして、天気がいい日には天に向かって首を伸ばして、じっと日光浴をしていました。時々、イヌやネコがカメに近づいてきて、ちょっかいを出そうとすると、カメは素早く首や手足を殻の中に引っ込めて、〝石〟になったマネをするのでした。ウサギみたいに走って逃げなくても、首や足を引っ込めるだけでいいのです。カメの堅い甲羅には、イヌもネコも歯がたたないのでした。だからカメは、

「あたしは、島いちばんのカタブツさ！」

と、大得意でした。


ある日、日光浴をしているカメのところへウサギが来て、言いました。

「おーい、カメさんよ。こんなところで空を見上げて、何かおもしろいものが見えるかね？」

カメは、目をしばたたいて、ちょっとウサギのほうを見ました。

ウサギは、そんなカメに向かって、

「空には何も見えないだろう。見えたとしても、鳥が飛んでるぐらいだ。ノロマのおまえさんには関係ないけどね……」

と言って、ニッと白い歯を見せました。よい考えが浮かんだからです。ウサギは、たいくつしのぎにカメをからかってやろうと思いました。

カメは、自分が鳥と関係ないなどと言われたのが気に入らなかったので、口をあんぐりと開けてウサギをにらみました。

「おや、カメさん。小さいお口をパクパクさせて、何かご不満かね。ぼくは、鳥と競走しても勝てるほど速い。でもお前さんは、アリと競走しても負けるほど遅い。だから、怒ってもムダなんだよ」

と、ウサギは憎まれ口をたたきました。すると、カメはゴツゴツとした声で言いました。

「カメはウサギに勝ったぞぉ！」

ウサギは、カメの予想外の言葉に驚いて半歩下がりました。しかし、すぐに反論しました。

「あぁ、それは昔のことですねぇ〜。おまえさんの先祖があんまり遅いんで、ぼくの先祖が途中で昼寝してしまったって話ね。それは昔のことでね、ぼくは先祖みたいにウカツじゃないから、レースの途中で昼寝なんかしない。だから絶対負けないんだよ。いや、昼寝はするかもしれないけど、それはゴールに入ってからさ。おまえさんが来るまでには、きっと日が暮れてしまうからね」

ウサギはこう言うと、カメを指差してカラカラと笑いました。

＊

カメをバカにして笑っていたウサギは、しかし、顔がだんだん歪《ゆが》んできました。かと思うと、口が大きく開いて大アクビの顔になりました。ウサギは両腕を思いっきり空に突き出して、

「フュー－ワァーアー……たいくつだぁ……」と言ったのです。

そして、伸びがおわると、

「この島では、やることが何もない……」

と、低い声でボソボソと付け足しました。

それを聞いたカメは、ウサギに言いました。

「やることが何もないなんて、おかしなことを……」

ウサギは、上目づかいでカメを見て、

「オカシもカカシもないよ。何もないんだからしかたがない」

と言いました。それから息を胸いっぱい吸って、ウサギはアメリカの大統領のように、顔を半分空に向けて演説をはじめました――

「ノロマのおまえさんには分からないと思うけど、ぼくはこの島のすみずみまで、もう行ってしまったんだ。どこにも知らないところはない。この速い足と、よく聞こえる長い耳で、ぼくはこの島のすべてを知ってしまった。何も新しいことはない。何も不思議なことはない。何も驚くことはないんだ。ぼくはこの島のすべてのものに名前をつけて、分類して、頭の中にきれいに整理してしまった。その結果、世界の中のすべてのものは、たった三つの種類に分けられるという偉大な真理を発見したんだ。まぁ、こんなことを言っても、頭の回転の遅いおまえさんにはわからないだろうけどね……」

ここまで一気に言うと、ウサギはカメの方を横目で見て、相手の反応をたしかめました。

カメもその時、空を見上げていて、口を開けると、細い舌をペロリと出して、すぐに引っ込めました。そして、

「おいしいぞ」と言いました。

ウサギはそれを聞きのがさず、

「何をひとりで言ってるの？」とカメに言いました。そして、「空気はおいしくなんかない」と続けました。ウサギは自分が見つけた偉大な真理を、今こそカメに伝えるべきだと感じました。

「おまえさんは、何もわかっちゃいないね。世の中のすべてのものには結局、三つの意味しかないんだ。〝おいしい〟とか〝まずい〟とかいうのは、その三つがわかる前の、とちゅうの感じだ。中途半端な結論、と言ってもいい。もし空気に味があるとしたら、〝おいしい〟のは〝よい空気〟で、〝まずい〟のは〝悪い空気〟だ。それ以外の味は、どんなに

複雑で微妙な味でも気にすることはない。よくも悪くもないものは結局、おまえさんにとって何の意味もないからだ。それは、おまえさんにとって〝関係ない空気〟だから、無視するのがいちばんいい」

カメはそれを聞いて、

「そんな考えはツマラナイ！」と言いました。

すると、ウサギはムキになって、

「ツマルもツマルも大ツマリだ。おまえさんは、人生の先輩の言うことを聞くべきだ！」

と主張しました。

カメもゆずりません。

「おいしいものを〝おいしい〟と言うのが、ぜったい正しい」

と言うと、目をむいてウサギをにらみました。

＊

ウサギとカメは、しばらくにらみ合っていましたが、やがてカメがウサギから目を逸《そ》ら

して、

「ああ、アホらしい」

と言いました。そして、「このみどりの風のおいしさを認めないなんて、動物のくせに情けない……」と続けると、また日向ぼっこの姿勢にもどりました。

するとウサギは、

「〝バカメ〟という言葉は名言だね」

と言いました。そして、「カメのおまえさんには、その名前がピッタリだ」と言って、相手の様子をうかがいました。

カメは聞こえないふりをしていたので、ウサギはさらに続けました。

「〝動物のくせに〟なんて言うのは、動物であることを誇りに思っている証拠だ。そんなんだから、いつまでたっても人間が支配者でありつづけるんだ。人間を超えるためには、人間のもっている最大の武器を自分のものにしなけりゃ……」

カメはその言葉に興味をもった様子で、

「人間の最大の武器ってなんだ？」

と、ウサギに聞きました。

ウサギはニヤッと笑って、

「何だと思う?」

と言って、カメをじらせました。

「ミサイルのことか? それとも、毒ガス?」

「ぜんぜん違う」と、ウサギは得意顔。

「それじゃ、バイオテクノロジー?」

ウサギは首を横に振るばかり。

「えぇい、それなら無人攻撃機!」

「ハ、ハ、ハ、ハハハ……」

と、ウサギは愉快そうに笑ってから、言いました。

「おまえさんは、見ている方向が違うんだよ。〝武器〟と言ったって、別に戦争するための道具とはかぎらない。高価なものともかぎらない。もしかしたら、人間だったら誰でももっているものかもしれない」

「クイズはもうやめた。早く教えてくれ！」

カメはそう言うと、ウサギをうらめしそうに見ました。

「それじゃ、答えを言おうか……」とウサギはもったいをつけてから、

「それは、言葉だ！」

と言いました。

カメはしばらく目を丸くしていましたが、やがて、

「そんなものが……武器になる？」

と言いました。

＊

ウサギに比べると少し頭の回転が遅いカメには、「言葉が人間の最大の武器」ということが、よく分からないのでした。カメを煙に巻いたウサギは、そこで大得意になって自論の説明を始めました――

「あのねカメさん、言葉というものには、物を音に置き換える役割があるのさ。例えば、

目の前にある小石だが、これを拾うのは簡単でも、おまえさんが乗っている岩は重くて動かすこともできない。でも、〝こいし〟や〝いわ〟という言葉は、簡単に動かせるだろう?」

カメは目をパチパチさせて、自分のいる岩を見つめています。

「こんな説明じゃ、わからないか……。それなら〝言葉を動かす〟のではなく、〝言葉を付け加える〟と言えばいい。おまえさんが上に乗っている岩は、実際は重くて動かせなくても、〝オレは岩を持ち上げた〟と言葉で言うことは簡単だろう?」

「ああ、それならわかる。簡単だ」

と、カメは頭を上下に揺らしてうなずきました。

ウサギは、つづけました——

「つまり、言葉をつかえば、本当にはできないこともできたように思える。それができるのは、実際には重くて頑丈で動かしたり割ったりできない岩を、〝いわ〟という音に置き換えてしまうからだ。そして、〝岩が真っ二つに割れた〟と言えば、本当にそうなったと思える。ここまでは、わかるね?」

「よくわかる」

と、カメはうれしそうに言いました。

「こうして、物を音に置き換えることで、人間は頭の中で自分の好きな世界を簡単につくってしまうんだ」

とウサギは言って、カメの顔を覗《のぞ》き込みました。

カメは、自分の足元を見ながら、

「でも、岩はほんとは割れてない……」

と言いました。

「そのとおり」とウサギは言って、さらに続けました――

「でも言葉の威力は、そこから始まるんだ。人間は〝岩〟〝二つに〟〝割る〟という三つの言葉を使って、それを仲間に伝えることで、大勢が同じ目的で動くようになる。つまり、〝岩を二つに割りたい〟というアイディアが社会に広まり、そのための機械や方法を大勢の人間が工夫するようになり、やがて、本当にそれができてしまうんだ」

カメは、不満そうな顔でウサギを見ています。

「なんだよ、そんな目でオレを見て……」

と、ウサギは言いました。

するとカメは、

「ボクらの仲間だって、大勢が岩に上ることはある。でも、岩はちっとも割れないぞ！」

と言いました。

「ああ、これだからカメはダメなんだ！」

と、ウサギは空を仰いで溜息《ためいき》をつきました。

*

ウサギは、カメには〝言葉の力〟を理解することができないと思い、岩を見つめて首をかしげているカメに向かって言いました。

「人間の世界には〝岩の上にも三年〟って言葉があるんだ。おまえさんは日向ぼっこをしている間、その意味でも考えたらいいよ。ぼくはもう行くからね」

カメはそれを聞いて、

「ああ、その意味はすぐわかる」

と言いました。

「ホントか？」

と、ウサギは疑わしそうに言いました。

「ほんとさ」とカメは言うと、「岩は三年では割れないってことさ」と続けました。

「ちがう、ちがう」

とウサギは言いました。そして、

「おまえさんには、五年たってもその意味はわからないさ！」

と言うと、くるりと背中を向けて行ってしまいました。

ウサギがいなくなると、カメはまた空に顔を向けて日向ぼっこのポーズをとりました。

そして、目を細めると、

「ああ、太陽の光は暖かくて、気持いいなぁ～」

と言って口をパクパクさせました。

カメはそのままじっと動かないでいると、ブゥーンという音をさせながら一匹のハエが飛んできて、カメの背中の上に留まりました。

「ああ、この音、この音……」

と、カメは目を閉じたまま思いました。何とも心地のいい音でした。カメはよくわかっていました。この音は、〝ごちそう〟の音なのでした。でも、背中にいるハエを食べることはできません。だから、そのハエが目の前に飛んでくるか、それとも背中をつたって頭まで上ってくれれば、電光石火の早業でつかまえてしまおうと思っていました。

そのうちに、プゥーンという音をさせて、今度はカが飛んできました。一匹のあとにもう一匹が遅れて来る音も、耳のいいカメには聞こえました。遠くでは、池に注ぎ込む水の音も聞こえています。時々、池から跳ね上がる魚が、水飛沫《しぶき》をたてる音がするのもわかりました。カラスが頭上高く、鳴きながら飛んでいきます。周囲の梢《こずえ》では、スズメたちがにぎやかに囀《さえず》っています。カメは、幸せな気分になっていました。

「ああ、この世界は、ゆかいな音で満ちている……」

と、カメは思いました。

「ウサギはなぜ、岩を割るなんてことを考えるんだ……」

と、眠気の中でカメは思いました。

暖かい日光があり、のんびりと泳げる池があり、頑丈な岩があり、探し回らなくても向こうから飛んでくるエサがあり、美しい音が満ちている。その世界をこわすのが〝言葉の力〟だったら、そんなものはいらない、とカメは思いました。

ウサギの長老

ある島に、ウサギとカメが住んでいました。ウサギはすばしこくて、走るのが得意で、いつも競争相手をさがしていました。カメはゆっくり動くのが好きで走るのは遅かったですが、自分のまわりのものによく気がついて、ていねいで、根気が強いのでした。

ウサギは最近、人間の言葉を勉強しはじめました。人間が言葉の力を使うことで、偉大な業績をなしとげてきたことを知ったからです。ウサギが新しい言葉を覚えるきっかけになったのは、ある日、島に人間が上陸して、古い雑誌をいっぱい捨てていったからでした。

ウサギはそこに印刷されている言葉が、自分の知っている言葉よりもはるかに多く、書いてある内容もわからないことばかりなので、大きな衝撃を受けました。そこで、島のいちばん高い山の上に住んでいるウサギの長老のところへ行き、教えを請うことにしました。

長老は、海を見下ろす岩山の洞窟で、静かにすわっていました。

ウサギ——長老さま、長老さま、こんにちは。お元気ですか？

長老——（瞑想をしていた目を開いて、ウサギを見る）なんだか、さわがしいね……。

ウサギ——すみません。お忙しいのにお邪魔して……。

長老——いそがしくはないが、何だね？

ウサギ——あのぉ……教えていただきたいことがあるんです。

長老——何を知りたいのだ？

ウサギ——言葉です。人間が使う言葉をたくさん覚えたいんです。

長老——覚えて、どうするのだ？

ウサギ——人間が書いた雑誌や本が読みたい。

長老――読んで、どうするのだ？
ウサギ――人間のように賢くなって、いろんなことができるようになる。
長老――いろいろのことができるのが、なぜいいのだ？
ウサギ――世界の可能性が開ける……。
長老――世界の可能性ではなく、自分の可能性だろう？
ウサギ――そうかもしれません。でも、もっと広い世界を知りたい！
長老――それはいい目的かもしれないね。でも、知れば知るほど、世界は分からなくなるかもしれないぞ……。
ウサギ――えぇっ？　知ることは分かることではないんですか？
長老――知ることは、よけいなことを考えることにもつながるぞ。
ウサギ――世の中に、よけいなことなんてないと思います。
長老――それはどうかな……。
ウサギ――知識は力です。人間は、知識を増やすことでほかの生物を征服したんじゃないのですか？

長老――ふーむ。君はそう考えるのか……。しかし、地球の反対側のどこかの土の中にいるミミズが、今日は何を食べたかを知っても、君の生活がどう変わるのかねぇ。そんなことよりも、君の好物のニンジンがこの島で育つかどうかを知ることのほうが、よほど意味があるのではないかね？

ウサギ――それは、そうですが……。

長老――だから、よけいなことを知るよりも、自分の生活に関係のあることを知る。そのほうが賢いウサギだと思うよ。

＊

ウサギは、長老の話を聞いているうちに、自分が何を知りたくてこの山へ来たのか、分からなくなってきました。そこでウサギが茫然《ぼうぜん》として空を見上げていると、長老が言いました――

長老――さぁ、ここに来て私といっしょに瞑想をしてみないか？

ウサギ――何のためでしょう……。
長老――何のためでもないさ。
ウサギ――目的もなく座るのは、時間のムダじゃないでしょうか？
長老――そんなことはない。物事は〝ムダだ〟と思えば、すべてがムダに思えてくる。我々ウサギが存在するということだって、ムダだと思えばムダなんだ。なぜなら、地球はそのうち灰になるのだから……。
ウサギ――ええっ？　そんなバカなことが！
長老――ちっともバカなことじゃない。君が尊敬している人間がそう言っているのだ。
ウサギ――地球が灰になるというのは、山火事が広がるということですか？
長老――そんな簡単なことじゃない。山火事だったら、人間が消してくれるだろう。人間が得た知識によると、太陽が膨張してきて、地球の軌道を覆ってしまうということだ。
ウサギ――それなら、人間も灰になる……。
長老――そのとき地球上にいれば、の話だがね。
ウサギ――そのときって、いつですか？

長老――ずっと先の話だ。百年とか二百年先ではないぞ。その一億倍ぐらい先のことだ。
ウサギ――ええっ！　そんな先のことが分かるなんて、人間はやっぱりスゴイ！
長老――それが分かって、何の役に立つのかな？
ウサギ――地球を脱出する準備ができます！
長老――いったい誰が脱出するんだ。そのころには、人類は絶滅しているかもしれない。そんなことよりも、隣の国や民族と戦争しない方法を知ることのほうが、よほど重要じゃないか？　核戦争や細菌戦争をやれば、人類以外の生物も大量に死滅するんだ。
ウサギ――長老さま。それなら言葉や知識は何の役にも立たないんでしょうか？
長老――私はそんなことを言ってない。言葉も知識も役に立つものは役に立つが、役に立たないものもたくさんある、ということだ。
ウサギ――では、役に立つ言葉、役に立つ知識を教えてください。

それを聞くと、ウサギの長老は体をゆすって笑いはじめました。

ウサギ――(憮然《ぶぜん》とした表情で) 何がそんなにおかしいんです?

長老――何がおかしいって……役に立つか役に立たないかは、君が決めることなんだ。誰にでも役に立つ言葉、なんてものはない。誰にでも役に立つ知識、なんてものもない。君の役に立つ言葉、君の役に立つ知識があるだけだ。それは、必ずしも私の役には立たないかもしれないし、君の父君の役にも立たないかもしれない。

ウサギ――では、私の役に立つ言葉、私の役に立つ知識を教えてください。

長老――(首を横に振りながら) そんな質問では、望む答えはもらえないゾ。いったい君は、何の役に立つことを知りたいのだ? 何を知りたくてここへ来たのだ?

ウサギ――そう聞かれると、私はわからなくなります。

長老――だから、言っただろう。ここへ来て瞑想をしてみよう。君は自分自身を知らないでいて、他のものを知りたいと思っていないかな? 心が不安で、うわついているだけではないのかな? それを鎮《しず》めることで、自分が何を知りたいかがわかるかもしれない。

ウサギ――わかりました、長老さま。今、そこへ参ります。

こうしてウサギは、長老と並んで洞窟の中で瞑想をはじめたのでした。

カメの長老

ある島に、ウサギとカメが住んでいました。ウサギはすばしこくて、走るのが得意で、いつも競走相手をさがしていました。カメはゆっくり動くのが好きで走るのは遅かったですが、自分のまわりのものによく気がついて、ていねいで、根気強いのでした。

カメはそういう自分の性格が好きでした。自分の住んでいる島には、ステキなものが満ちあふれていて、それを毎日目にし、鼻先でつついて匂いをかぎ、あるいは手や足で触ってみることで、いつも新しい発見があるのでした。でも、このあいだウサギと話をしたとき、ウサギから「ノロマのおまえは鳥と関係ない」と言われたのが、くやしくて仕方がないのでした。鳥はカメの仲間の爬虫類から進化したから、カメにとっては〝親戚〟です。鳥とはまったく別の哺乳類のウサギに、そんなことを言われる筋合いはないと思いました。でも、ノロマという点では、自分がウサギより遅いのは確かでした。

カメはある静かな秋の日に、ゆっくり歩いてカメの長老がいる森まで行きました。こんどウサギに「ノロマ」呼ばわりされたときに、どう言い返せばいいか、教えを請おうと思ったのです。

カメ――長老さま、長老さま。お願いがあってまいりました。

（岩のように大きいカメの長老は、木の根元に横たわったまま、目を瞑《つむ》っている）

カメ――長老さま、起きてください。目を開けてください。教えていただきたいことがあるのです。

（カメの長老は片眼だけ開き、若いカメを見る）

長老――そんなに大きな声を出すものじゃない。私の耳はよく聞こえている！

カメ――ああ、これは失礼しました。眠っておられるのかと思いました。私に教えてください。
長老――何のことじゃ。
カメ――ウサギに何と言えばいいのでしょう？
長老――何があったのじゃ？
カメ――ウサギにノロマだと言われました。
長老――昔からそう言われておる。
カメ――でも、昔はウサギと競走して勝ちました。
長老――それは一回だけじゃ。
カメ――ノロマは、鳥とは関係ないと言われました。
長老――ノロマでも、鳥との関係はある。
カメ――そうですよね。私もそう思います。でも、どう関係があるのでしょう？
長老――鳥はいくら速く飛んでも、いずれもどってくる。カメは動かないから、その時すでに元の場所にいる。それを見て、鳥は安心するんじゃ。どちらが優れているかな？

カメ――ああ、そう考えれば、カメはいつも勝ってますね！
長老――勝ち負けのことではなく、どちらがエネルギーのムダが少ないかだ。
カメ――動かない分だけ、カメはムダをしてません。
長老――だから、鳥より長生きだし、ウサギよりも長生きだ。
カメ――ツルは千年、カメは万年ですからね！
（長老、甲羅を揺すって大いに笑う）
長老――アーハッハ、アーハッハ……。それは人間が作った架空の話だ。本当は、カメは百五十歳が最長記録だし、ツルはそれよりずっと短い。
カメ――へぇー、長老さまは何でもご存知なのですね。

カメは、自分の体の倍ほどもある長老ガメを見上げ、その山のような甲羅の大きさが長老ガメの偉大さを表している、とつくづく思いました。

＊

カメの社会には厳然とした階層秩序がありました。それは、カメの寿命が長いことと関係がありました。カメは自分の体だけでなく甲羅もいっしょに大きくなるので、成長には時間がかかるのでした。頑丈な甲羅は〝隠れ家〟や〝防護服〟の役割を果たすので、それが大きいということは、カメの社会では経験豊かであり、また〝高級〟で〝偉い〟証拠でした。だから、大ガメが社会を支配し、中ガメがそれに従い、小ガメが小間使いのようにせっせと働くことは、当たり前であるだけでなく、正しいことでした。

こういう不動の秩序のもとでは、「変化」は秩序を脅かす異常事態と見なされていました。だから、変化を嫌うカメ社会では、ノロマであることは当たり前であるだけでなく、よいことなのでした。が、その反面、カメ社会には問題があることも長老ガメは知っていました。そのことを伝えようと思い、長老は若ガメに言いました――

長老――ところで、おまえはノロマの意味が分かったかな？

カメ――わかりました。世界は変わらないから、何でも急ぐことはムダなのです。

長老――世界は、全然変化しないわけではない。季節は動くし、それにしたがってカメの生活も変えねばならん。冬になれば、冬眠だ。
カメ――ええ、そうです。それでもまた春が巡ってきて、四季が繰り返します。つまり世界は、同じ変化を繰り返す……。
長老――そう、円い大きな環のようにね。狭い範囲を見れば変わっていても、広い範囲では変わっていない。だから、未来を見ることもできる。
カメ――あっ、そうでした。昔から中国では、我々には予知能力があると言われていたのを忘れてました。カメはウサギより偉いのです！
長老――ははははは……。そう簡単には言えないぞ。
カメ――どうしてです？　カメは世界がもどってくる場所に、いつもいる。だから、今も未来にいるのです。
長老――しかし、春しか知らなければ、夏や秋のことは予知できない。冬が来ることを知らなければ、夏や秋の収穫物を蓄えておくこともできない。
カメ――確かに、そのとおりです。でも、繰り返しの内容とパターンを覚えてしまえば、あとは簡単です。

長老――しかし、世界は大きく変わることもある。もとへもどらないこともある。そんなとき、カメの我々はどうすべきかな?

カメ――ええっ、そんなことがあるのですか?

長老――昔、こんなことがあった。我々が甲羅をもっていない頃の話だ。全能の神ゼウスが結婚の宴を開いて、動物全部を招待してくれた。ところが、我々の先祖だけが神の宴に出席しなかった。その理由は、自分のすんでいる土地と家が居心地がよくて、離れたくなかったからだ。それを知ったゼウスは怒って、「おまえは今後、自分の家を背負って生きていけ」と言って、甲羅を体に張り付けたのだ。

カメ――ええっ、そんなことがあったんですか! 驚きました。

長老――だから、神の御心を知る努力は常に必要だ。居心地がいいというだけでは、神の怒りをかうこともある。

カメ――ふーむ。この重い甲羅は、神さまの招待に応じなかったおかげなのですか。

長老――そうだ。しかし、神は罰だけをくだしたのではない。この甲羅のおかげで我々は天敵から身を守り、長生きができるようになったのだから。

ギャオの独り言

ボクは恐竜のぬいぐるみ、ギャオだ。
このところ、ずっと押入れの中にいたから、カビくさい。
きょう、ひさしぶりにウチのダンナさんに出してもらって、
明るい場所に出られた。
うれしいぞぉー、ギャオー！
でも、ダンナさんがボクをテーブルの上に置いたら、奥さんが、こう言った——

「そんなきたないの、上に置かないでよぉー」
ダンナさんは、何も言わない。
何とか言ってほしい。ボクがきたないだなんて、ひどいぜ。
ボクは、ダンナさんと奥さんの子供といっぱいあそんだから、よごれた。
よごれることが、ボクの仕事だった。よごれることが、うれしかった。
なぜって、よごれるのは人気があるからだ。遊んでもらえるからだ。

ボクの友だちに「デカパン」って名前の、ウサギのぬいぐるみがいた。
でっかい空色のパンツをはいた、ピンクのウサギで、いっしょによく遊んだ。

ヤツは、ついにかおが灰色になった。まくらがわりにされたからさ。
それでもヤツは、ひと晩じゅう、ミー君といっしょだったから、満足してた。
ボクはあくやくで、「ギャオー」とさけんで、デカパンをおそった。
すると、せいぎのみかたの「カシキンマン」というのが、出てくる。
目がタマゴみたいで、赤と銀の光るジャンプスーツを着た、キザなヤツだ。
自分のことを、ウルトラマンだと思っている。
そのカシキンマンと、ボクはたたかう。
さいしょは、ボクがヤツをこらしめる。こてんぱんさ。
でも、カシキンマンは、ギンコーへ行くとパワーアップする。
そして、ボクにひざげりとか、アッパーカットでおうせんする。
ボクはほんとは、カシキンマンなんかにまけない。
でも、大すきなミー君が「まけろよ」というから、まけたふりをする。
すると、キザなカシキンマンは、
「オレのかねのいりょくは、シジョーいちだ！」

と言って、しょうりをさけぶ。

ボクは「シジョー」って何のことか、よくしらない。
でも、たぶん世界と同じだ。
世界一なのは、ほんとはお金なんかじゃない。
デカパンやボクみたいに、よごれながらミー君と遊ぶぬいぐるみがいるから、
ミー君はまんぞくするんだ。
ミー君はカシキンマンになりきって、デカパンを助け、ボクをやっつける。
でも、デカパンはボクの友だちだから、ボクはヤツに手かげんしてる。
ぶっても、ほんとはぶってない。
かみついても、ほんとはかんでない。
デカパンもボクも、はいゆうと同じだ。
ミー君が「やれよ」ということを、よろこんでする。
だって、ボクらはミー君が好きだからだ。

そんなミー君は、おとなになって、ボクらを置いて出ていった。
ショーケンガイシャに入ったと、奥さんがいっていた。
そんなカイシャでも、ミー君は、
「かねのいりょくはシジョーいちだ！」
とさけんでいるのだろうか。
だれがいいやくで、だれがあくやくをやってるのだろう。
こんど、ダンナさんにきいてみたい。

＊

ミー君のことを少し話そう。

ミー君は、ボクらのご主人だ。ご主人は、けらいよりえらい。でも、けらいのめんどうを見てくれる。ボクらと遊んでくれるし、ボクらをそうじゅうしてくれる。「そうじゅう」というのは、ボクらに命をくれることだ。ボクらを動かし、ボクらにことばを話させ、ボクらに「生きている」と思わせてくれる。つまり、ミー君は神さまみたいなものだ。ご主人は神さまで、ボクらはけらいだ。

だから、ボクもデカパンも、ミー君が「やれ」といったことを喜んでする。いい役かあく役かはもんだいじゃない。でもたいてい、デカパンがいい役で、ボクがあく役だ。つまり、デカパンは弱くて、ボクは強い。その強いボクをこらしめるために、カシキンマンが出てくる。じつは、コイツがもんだいなんだ。

ミー君は、神さまみたいにボクらをそうじゅうすることはできるけど、ぬいぐるみの世界にそのままでは入れない。ミー君は、ぬいぐるみより大きいからだ。あっとうてきに大

きい。だから、ぬいぐるみをあやつることで、ボクらの世界にやっと入れる。だから、カシキンマンをあやつるときは、カシキンマンがミー君なのだ。カシキンマンはキザなヤツだけど、ミー君が中に入っているのだから、しかたがない。ボクは、カシキンマンにやられたふりをする。でもほんとうは、ヤツにやられるんじゃなくて、ヤツになりきっているミー君にやられてあげるのだ。そう思えばがまんできるし、うれしい。

もんだいなのは、ミー君がカシキンマンになりながら、ボクらのきもちをわかってくれてるのかってことだ。たとえば、ボクがあく役になってデカパンをいじめているとする。

そこへカシキンマンがやってくる……

カシキンマン――おい、らんぼうもののギャオ。デカパンをいじめるな！

ギャオ――何だ、このキザ男。デカパンはボクのけらいだから、いじめるもいじめないも、ボクのじゆうだ。

カシキンマン――ぬいぐるみは、みんな平等だ。デカパンもじゆうに生きるけんりがある。

ギャオ――何だ、そのけんりってのは？　そんなものがあるなら、見せてみろ。

カシキンマン――けんりは見えないけど、みんなにある。
ギャオ――ボクは、見えないものなんか信じない。信じないものは、あいてにしない。
カシキンマン――それじゃ、おかねは信じるか？
ギャオ――おかねは見えるし、使える。だから信じる。
カシキンマン――では、ここに一万円ある。これをやるから、デカパンを自由にしてやれ。
ギャオ――何、一万円だと。それで何が買えるんだ？
カシキンマン――人魚のあんパンが百個ぐらい買えるぞ！
ギャオ――そいつはいい。で、人魚のあんパンって、どこに売ってる？
カシキンマン――渋谷の『小さい人魚』というパン屋にある。
ギャオ――じゃあ、今すぐ買ってこい。買ってきたら、デカパンを逃がしてやる。
カシキンマン――おれはカシキンマンだから、金を出すだけだ。自分で買いに行け！
ギャオ――渋谷まで行くのは、めんどーだ！
カシキンマン――じゃあ、タクシー代も出してやる。
ギャオ――タクシーひろうのも、めんどーだ！

カシキンマン――なんてヤツだ、このカイジュウは！

ボクは恐竜のぬいぐるみで、カイジュウじゃない。カイジュウといわれるのが、いちばんきらいだ。だから、ここで頭にきてカシキンマンにおそいかかる。

ギャオーーーーーーーーーーー

たとえば、こんなぐあいになって、カシキンマンとボクは戦う。で、さいしょはボクが勝って、それからヤツがギンコーへ逃げて、そこでパワーアップして、ボクにいろんな術をかける。で、ボクがけっきょく負けるんだ。そして、カシキンマンがいつものように、こうさけぶ――

「オレのかねのいりょくは、シジョーいちだ！」

でもさ、ボクはこんな役、ほんとはきらいなんだ。デカパンはボクの友だちだから、いじめるのはいやなんだ。でも、ミー君が「いじめろ」というから、しぶしぶいじめる。あく役っていうのは、心で泣きながら悪いことをする、好きな人のために。だから、こういう劇が終わったら、ミー君には小さな声でいいから、こう言ってほしいんだ——

「ごめんね、ギャオ。ほんとはいいやつなのに……」

*

きょうは、ウサギのぬいぐるみのデカパンのことを話す。

ミー君のつくる世界では、デカパンはいい役でボクはあく役だってことは、もう話した。

それから、ボクとデカパンは友だちってことも、話した。もんだいは、友だちのデカパンを、ボクはどうしていじめるかってことだ。そのわけも、もう話したと思うけど、もっとせつめいしたい。これには、ふかいジジョーがあって、それを知ってほしいからだ。

ボクはミー君をよろこばすために、デカパンをいじめる。そんなボクは、デカパンのほんとの友だちとはいえないかもしれない。でも、デカパンもボクのジジョーをしってるから、がまんしてくれると思うんだ。それに、ずっとがまんしてなくていい。ボクがデカパンをいじめてると、すぐにカシキンマンが出てきてボクとたたかう。それまでのしんぼうだ。カシキンマンは、あぶないところでギンコーへにげこみ、パワーアップしてボクをやっつける。ミー君は、それがうれしいんだ。で、ボクはミー君がよろこぶのがうれしい。だから、友だちのデカパンがすこしのあいだ、つらい思いをすることには目をつぶる。ショーガナイから。

でも、ミー君がいなくなったとき、デカパンはときどきボクにこういう——

デカパン——ギャオは甘えんぼうで、いくじなしだ。なぜって、よくないと分かってることを、ミー君のためにするから。

ギャオ——ごめんよ、デカパン。

でも、おまえもボクもミー君が好きだから、ツライことをがまんしてやってるんだ。そうだろ？

デカパン――わたしはがまんしてないよ。ギャオがいじめてツライから、たすけてー、くるしいーって、大声だすの。するといつも、カシキンマンが出てきてたすけてくれる。

ギャオ――それは、えんぎだろう？　ツライふりだろう？

デカパン――わたしはえんぎしてない。ほんとにツライのよ。

ギャオ――でも、カシキンマンが出てくるためには、あく役がひつようなんだ。あく役のボクは、きみをいじめないといけない。

デカパン――そんなの、おかしい。ぜったいにおかしい！

ギャオ――これはコーキューなロンリだから、きみには分からないかもしれない。

デカパン――ぜんぜんわからない。ぜったいにおかしいわ。

ボクは、このロンリをデカパンに分からせることができない。でも、デカパンもボクもミー君のことを好きだから、そこのところで、だまってしまう。ロンソーは、いつもここでおわりだ。

この世界では、悪いことをしなければいいことは出てこない――これが、世の中のふかいジジョーだ。これが、コーキューなロンリなんだ。ボクらのことに当てはめれば、ボクがデカパンをいじめなければ、カシキンマンは出てこないんだ。これはうごかせないジジツだから、ショーガナイ。でも、デカパンはちがうことをいう。ボクとかのじょがなかよくしてても、カシキンマンはきっと出てくるだろうって。そして、たたかうんじゃなくて、ボクたちといっしょにあそべるだろうって。

ボクは、そんなのは甘いロンリだと思う。みんながなかよくあそぶなんて、ミー君が好きなわけがない。ミー君は、セーギのみかたカシキンマンになりたいんだ。セーギが生まれるためには、悪がなくてはだめだ。そして、セーギは悪をくじくんだ。ボクは、そうやってミー君がよろこぶために、なみだをのんであく役をするんだ。ボクは悪い「役」をするんだから、「悪」じゃない。ボクは恐竜だから、ぜったいカイジューじゃないんだ！　友だちのデカパンには、このふくざつでコーキューなロンリをぜひ知ってほしいと思う。

ぱすわあど

ぼくのおばあちゃんは、ぱすわあどをわすれた。

おばあちゃんが、そういうのをきいて、ぼくはたいへんだと思った。でも、ぱすわあどが何か、ぼくは知らない。でも、きっとたいせつなものだ。

ぼくもときどき、ごあいさつをわすれる。すると、おかあさんは、「けんくん、ごあいさつは?」といって、ぼくを見る。

ぼくは、おかあさんとはなしをする人に、

「こんにちわ」といって、下を向く。

すると、その人も、

「こんにちわ」といって、ぼくを見てわらう。

これが、ごあいさつだ。

おとうさんといっしょにいるときは、おとうさんはぼくのあたまを押して、

「ごあいさつだ」という。

だから、ぼくは二回下を向く。

おとうさんは力があるから、いたいときもある。そんなとき、ぼくは、

「いてえ」といってから、「こんちにわ」をいう。

だから、ぼくは、おとうさんとおかあさんといっしょにいるとき、知らない人がくると、こっそりおかあさんのところへ行く。ごあいさつをいつするか、むずかしいからだ。まちがえて、おとうさんにあたまを押されるのは、いやだ。

でも、ごあいさつをわすれないと、いいことがある。おかあさんといるときは、あたまをなでてくれる。おとうさんといるときは、もっといいことがある。がむをくれたり、かたぐるましてくれる。だから、ごあいさつはたいせつなものだ。きっと、おばあちゃんのぱすわあども、そんなものだ。

＊

ぼくのおばあちゃんは、ぱすわあどをわすれた。

でも、そのことはひみつだと、ぼくにいった。ひみつというのは、だれにもいわないことだ。ぼくは、ごあいさつをわすれると、おとうさんにあたまを押されるけど、ぱすわあどをわすれたおばあちゃんは、だれにあたまを押されるのかなあ。おばあちゃんは、かみの毛をさわられるのがきらいだから、ぱすわあどをわすれたことを、ひみつにするのだ。

ぼくは、おばあちゃんにきいてみた。ぱすわあどはいつするのって。おばあちゃんは、お金がほしいときにするといった。ぼくは、これは大きいひみつだと思った。ごあいさつよりすごいと思った。ごあいさつができると、おかあさんはぼくのあたまをなでてくれるし、おとうさんはかたぐるましてくれる。ぱすわあどができると、お金がもらえるのだ。

ぼくは、ぱすわあどのしかたを知りたい。でも、おばあちゃんは、それをわすれてしまったといって、こまったかおをした。

ぼくは、おかあさんにきいてみた。ぱすわあどはどうするのって。すると、おかあさんは少しこわいかおになって、

「こどもは知らなくていいのよ」といった。

それからこんどは、やさしいかおになって、

「けんくん、ぱすわあどはことばのいっしゅだから、たくさんことばをおぼえたら、きっと使えるようになるよ」といった。

ぼくは、なぁんだと思った。ぱすわあどはごあ

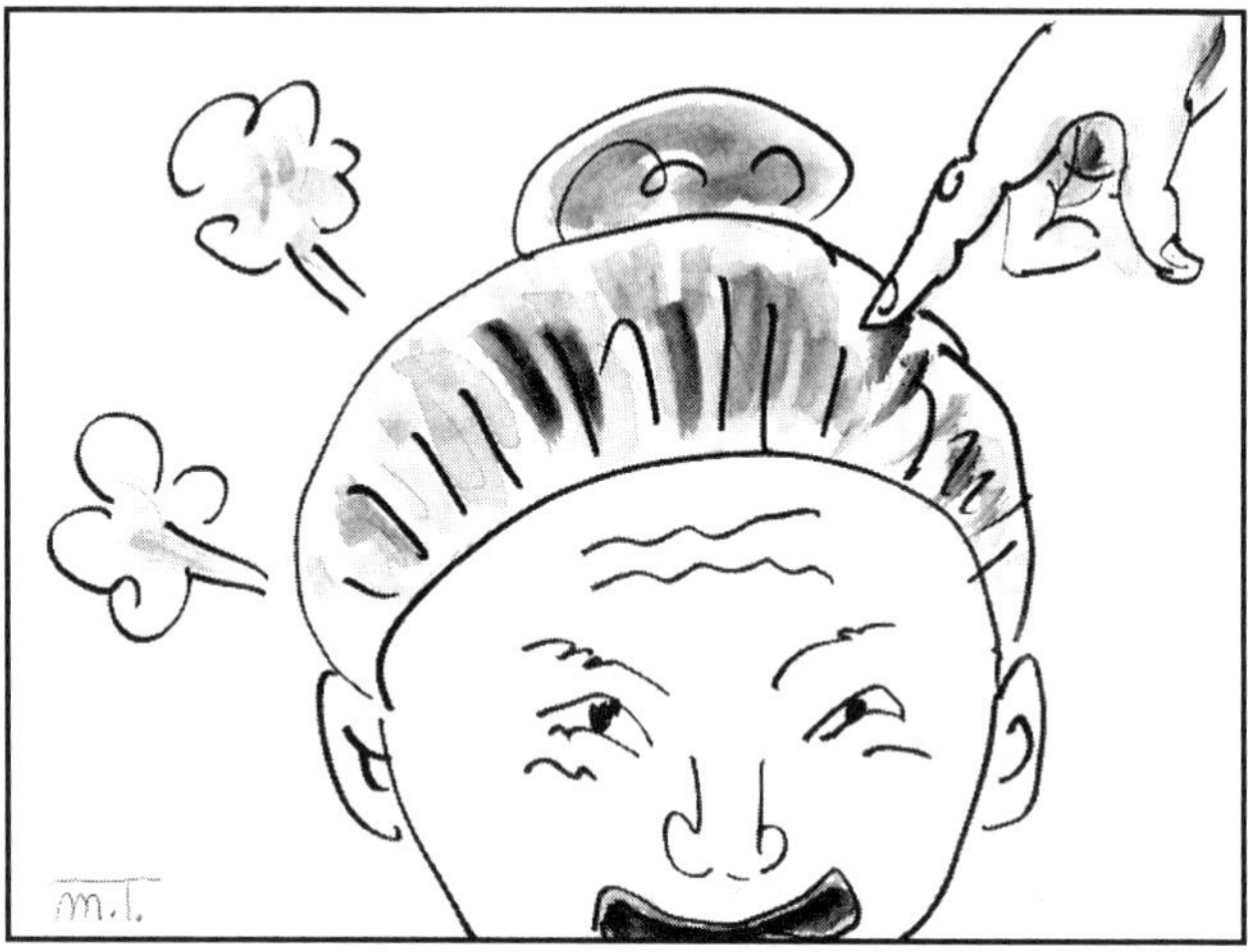

いさつとはちがって、ひみつのことばなんだ。きっと長くてむずかしいことばだ。それをおぼえたら、お金がもらえる。ぼくは、ありばばのものがたりを思いだした。「ひらけごまぁ〜」というと、岩がひらくはなしだ。あれは、かんたんなことばだ。ぼくにもすぐおぼえられる。でも、おかあさんは、たくさんのことばをおぼえないと、ぱすわあどは使えないといった。ぼくは、ぱすわあどはどんなにむずかしいのか、しんぱいになった。

＊

ぼくのおばあちゃんは、ぱすわあどをわすれた。

だからきょうは、おばあちゃんといっしょに、ぱすわあどをさがしに行った。おばあちゃんは、おかあさんに、ぼくと本やさんへ行くといった。ぼくは、本やさんが大すきだ。えの本がたくさんあるからだ。でも、おかあさんは、えの本だけじゃなくて、字の本もかってきてと、おばあちゃんにいった。ぼくは、字の本にはことばがいっぱいかいてあるから、ぱすわあども見つかるかもしれないと思った。

本やさんでは、ぼくとおばあちゃんは、こどもの本のところに行った。そこに行けば、ぱすわあどが見つかるかも、とおばあちゃんはいった。おばあちゃんがこどものとき、すきだったおはなしの中に、ぱすわあどがあるかもしれない、とおばあちゃんはいった。

「それは、どんなおはなしなの」とぼくがきくと、おばあちゃんは、

「それがわかれば、ぱすわあどもわかるけど、どんなはなしかわすれてしまった」といった。

ぼくには、おばあちゃんのいうことがよくわからなかった。

こどもの本をうっているところで、ぼくは『アリババと四十人のとうぞく』のはなしを見つけた。ぼくの知っているぱすわあどのはなしは、これだけだ。その本をおばあちゃんに見せたら、お

ばあちゃんは、

「ああこれは、ひらけごまぁ〜のはなしだね」といった。

ぼくはおばあちゃんに、

「ひらけごまぁ〜は、ぱすわあどでしょ」ときいたら、おばあちゃんは、

「そうかも知れないけど、おばあちゃんがさがしてるのは、四つのばんごうなんだよ」と
いった。

ぼくは、四つのばんごうって何かかんがえてみた。

ばんごうには、いろいろある。ぼくのろっかあのばんごうは13だ。ともだちのゆうの
ばんごうは8。こうたのばんごうは20。よしおのは11だ。四人のばんごうをぜんぶな
らべると、

「13820 11」になる。

おばあちゃんのぱすわあども、こんなのかもしれない。

＊

ぼくのおばあちゃんは、ぱすわあどをわすれた。

ぼくはそれを見つけてあげたい。ぱすわあどは、四つのばんごうだと、おばあちゃんはいった。ぼくは「ひらけごまあ」みたいなことばが、ぱすわあどかと思った。だから、ことばがいっぱいかいてある字の本を見ていた。でも、ぱすわあどが四つのばんごうなら、ばんごうの本を見つけようと思った。

おばあちゃんに、

「ばんごうの本をさがそうよ」といった。でも、おばあちゃんは、

「そのほうがむずかしいわ」といった。

「どうして」とぼくがきくと、

「ばんごうをかいた本は、がっこうでならうさんすうの本だから」とおばあちゃんはいった。

ぼくはまだ、がっこうへいってない。ようちえんのねんちょうだ。でも、おばあちゃんはがっこうをおわっている。だから、ばんごうの本がむずかしいのは、おかしいと思った。

すると、おばあちゃんは、

「ことばは、ばんごうにかえられるの」といった。そして、小さいかみに「111」とかいて、ぼくにくれた。

「これはなに」とぼくがきくと、おばあちゃんは、「それは、ことばをばんごうにかえたのよ」といった。

ぼくは三つある1を見ても、ことばがわからなかった。するとおばあちゃんは、

「これは、いい人なの」といった。

「いちの〝い〟が二つと、ひとつの〝ひと〟をならべると、〝い・い・ひと〟でしょう」と、おばあちゃんはいった。

ぼくは、あたまがこんがらがった。「1」が三つなら、「いち・いち・ひとつ」だと思う。でもおば

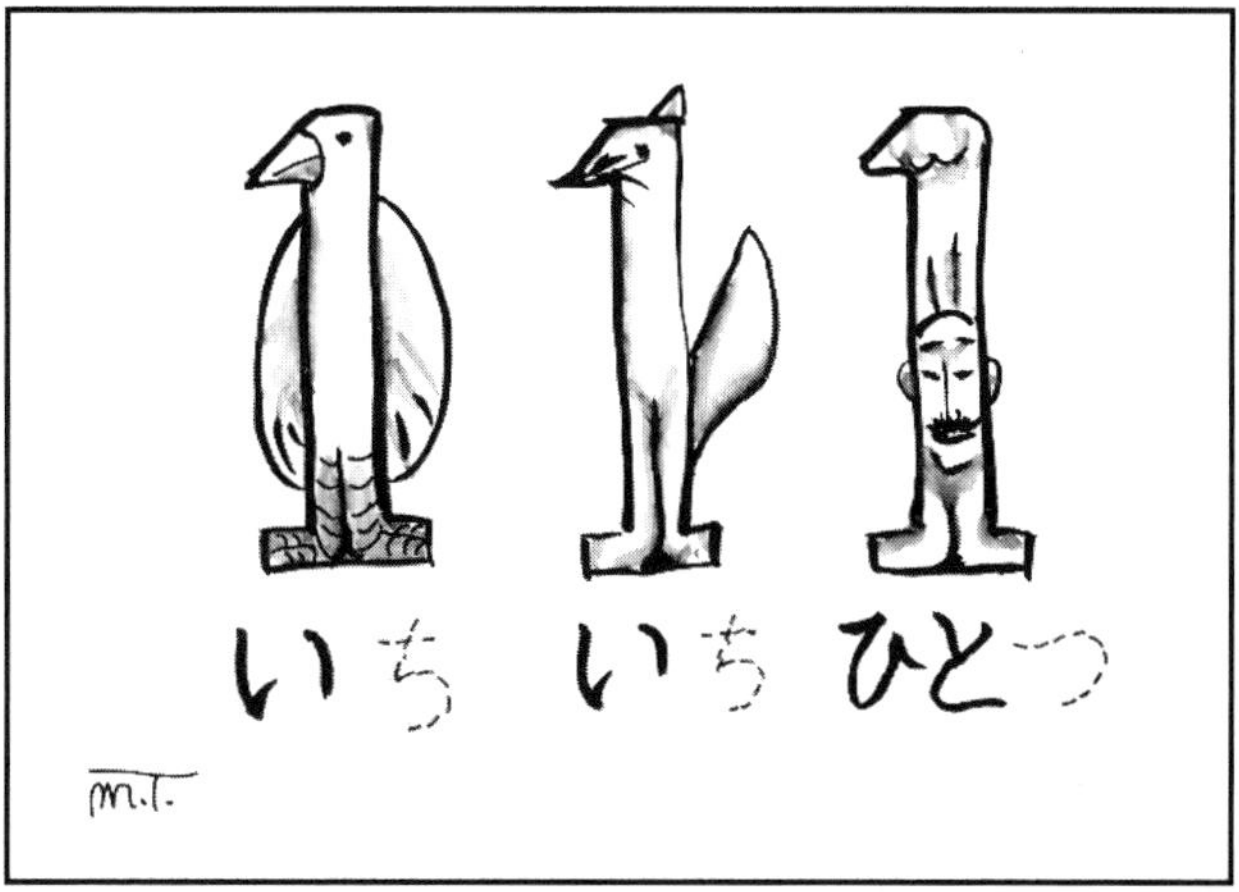

あちゃんは、「いいひと」だという。

ぼくはおばあちゃんに、

「どうして〝ち〟と〝つ〟はいわないの」ときいた。

すると、おばあちゃんはこまったかおをして、

「どうしても……よ」といった。それから、

「ぜんぶよまなくても、ことばになればいいのね」といった。

ぼくはよくわからなかったが、なんとなくわかったみたいだった。

*

ぼくのおばあちゃんは、ぱすわあどをわすれた。

おばあちゃんとぼくは、それを見つけるために本やさんへ行った。おばあちゃんはそこで、ことばをばんごうに変えるやりかたをおしえてくれた。1を三つかいた「111」は「いいひと」になる。ことばをみじかくすると、ばんごうになるのが、おもしろい。

ぼくは、おばあちゃんがくれた「111」のかみを見ていて、思いついた。このばん

ごうのつぎに4をかくと「1114」だ。「111」が「いいひと」なら、「1114」はいいひとよ」になる。ぼくは、おばあちゃんにえんぴつをもらって、4をかいて、おばあちゃんに見せた。すると、おばあちゃんは、目をまるくして、

「これはなに」といった。

ぼくが「いいひとよだよ」というと、おばあちゃんは大きなこえで、

「まあ〜」といって、それから、

「けんくん、すごい」といって、ぼくのあたまをなでてくれた。

ぼくはすごくうれしかったけど、おばあちゃんがわすれたぱすわあどがなにか、しりたかった。ぼくが、

「これが、おばあちゃんのぱすわあどなの」ときくと、おばあちゃんは、

「ちょっとちがうのよ」といって、それから、

「ばんごうが四つのところは同じだけど、そのばんごうじゃないの」といった。

ぼくは、おばあちゃんのいうことがよくわからなかったから、だまっていた。するとおばあちゃんは、はんどばっくからもう一まいかみをだして、ぼくに見せた。そこには、ば

んごうがいっぱいかいてあった。

――「1371」「3618」「4649」「1164」「0312」「1192」

おばあちゃんは、ぼくのみみのそばでこういった。

「これはぜんぶ、ぱすわあどだったけど、もうつかわなくなったのよ。かんがえすぎて、おぼえるのがむずかしくなったの。でも、いまつかっているのは、すごくかんたんで、かみにかかなくてもおぼえられると思っていたの。ところが、それをわすれちゃったのよ」。

ぼくは、おばあちゃんが、かんたんなぱすわあどをどうしてわすれるのか、ふしぎだった。

＊

ぼくのおばあちゃんは、ぱすわあどをわすれた。

おばあちゃんとぼくは、それを見つけるために本やさんへ行った。そこで、おばあちゃんは、むかしつかったぱすわあどを六つもぼくにおしえてくれた。

ぼくは、かみにかいてある六つのぱすわあどを、ことばにしようと思った。

「１１１↓　いいひと」がわかったから、「１１６４」と「１１９２」はすぐわかった。これは、「いいむし」と「いいくに」だ。それから、すこしかんがえて「３６１８」と「４６４９」がわかった。これは「さむいや」と「よろしく」だ。でも、「１３７１」と「０３１２」がむずかしくて、わからなかった。

　おばあちゃんによみかたをきくと、「いみない」と「おさいふ」だとおしえてくれた。でも、「いみない」はわかったけど、「０３１２」の「０」がどうして「お」なのか、わからなかった。それをおばあちゃんにきくと、おばあちゃんは、

「おー」といって、口をまるくした。そして、

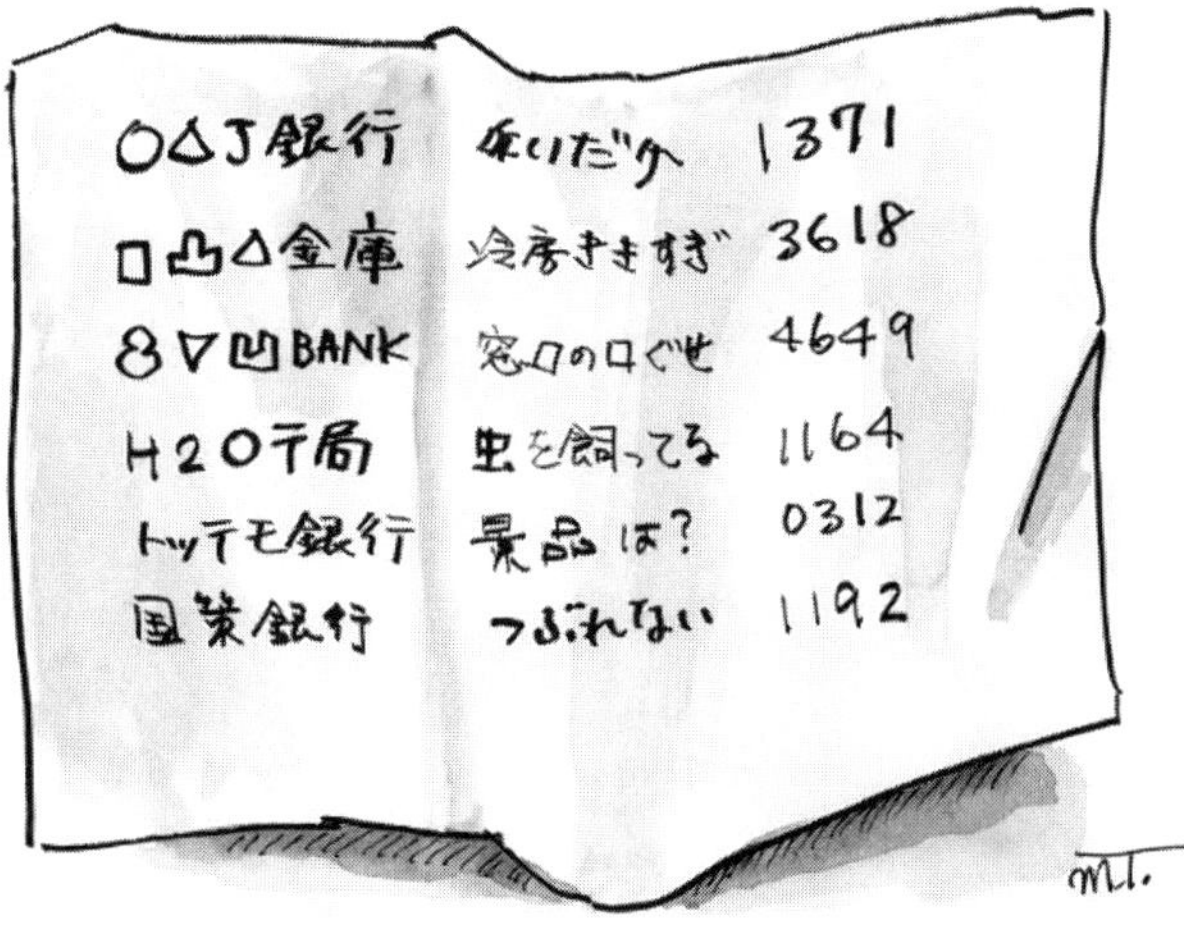

その口をゆびさして、

「ほら、口がまるくなるでしょう」といった。

ぼくは「へえー」といった。ばんごうを口のかたちになおすなんて、かんがえたことも
なかった。そんなことかんがえるおばあちゃんは、すごいと思った。だから、

「おばあちゃんはすごいね！」といった。すると、おばあちゃんは、

「一つのばんごうが、たくさんのことばをかくしているの。それが、ぱすわあどのおもし
ろいところね」といった。

こんどはぼくも、おばあちゃんのいうことがわかった。

「0」のばんごうは、「れい」と「ぜろ」と「おー」をかくしている。それから思いだし
たけど、りょう手をあたまの上にあげて「0」をつくるのも、ことばのかわりだ。これは、

「おーけー」といういみだ。ぼくはうれしくなって、

「おばあちゃん、ぱすわあど、おもしろいね。ありがとう！」といった。

すると、おばあちゃんのかおがかわった。すごくうれしそうになって、

「けんくん、それ、それ、思いだした。ありがとうだわ！　ぱすわあどは、ありがとうな

の。おしえてくれて、どうもありがとう！」といった。

ぼくは、おばあちゃんがおしえてくれたのに、どうしてぼくが、おばあちゃんにおしえたことになるのか、わからなかった。それから、「ありがとう」はどんなばんごうになるのかな、と思った。おばあちゃんにきこうと思って、かおをみた。すると、おばあちゃんは、「おばあちゃん、すごくうれしいから、おれいに、けんくんのほしいものあげる。アイスクリームたべにいこう！」といった。

それをきいて、ぼくもうれしくなった。「ありがとう」のばんごうは、アイスクリームをたべながら、おばあちゃんにきこうと思った。

＊

ぼくのおばあちゃんは、ぱすわあどを思いだした。

それは「ありがとう」ということばを、ばんごうにしたものだ。それはひみつのことばで、うまくつかえるとお金がもらえる。おかあさんは、「こどもは知らなくていいのよ」といったけど、ぼくは知りたい。おばあちゃんはアイスクリームをくれるといったけど、ぱすわあどもおしえてくれるかな、とぼくは思った。

おばあちゃんは、ぼくをちかてつのえきのそばの、おみせにつれてってくれた。

おばあちゃんは、めにゅうをぼくに見せて、

「なにがほしいの」ときいた。

ぼくは、アイスクリームより大きくて、いちごとばななもはいってるフルーツパフェをゆびさした。おばあちゃんは、にこにこして「わかったよ」といってから、はなしだした。

おばあちゃんは「ありがとう」をいうのをわすれてたから、ぱすわあどもわすれてしまった、といった。「ありがとう」はとてもかんたんなことばだけど、それを使うのをわすれる人がおおいんだって。なぜかというと、そんなかんたんなことばで、なにかがおこるとみんな思わないからだって。それから、じぶんがえらいとか、正しいとか思ってると、「ありがとう」をわすれてしまうんだって。そんなときは、ちがうことばをつかってなに

かをしようと思うけど、いろいろむずかしくなるんだって。

でも、これはみんなおとなのせかいのことで、ぼくみたいな子どもは、えらいとか正しいとか思わないから、「ありがとう」がすぐいえる。すると、いいことがかんたんにおこるんだって。

ぼくは、おばあちゃんのいうことが半分ぐらいしかわからなかった。でも、さいごのところはよくわかった。ぼくがおばあちゃんに「ありがとう」っていったら、お金は出てこなかったけど、お金よりおいしいフルーツパフェが出てくるんだ。いまぼくは、じぶんが「えらい」とか「正しい」とか思ってない。だから、もしかしたら、ほんとのぱすわあどは、「ありがとう」のばんごうじゃなくて、「ありがとう」のことばなのかもしれない。

そのとき、アイスクリームみたいなまん丸のかおのおねえさんがきて、たべきれないぐらい大きいフルーツパフェを、ぼくのまえにおいた。ぼくは大きなこえで、

「ありがとう！」といった。

おばあちゃんは、大にこにこだし、いちごとばななもはいっている。

すぷーんをにぎると、ぼくはばんごうのことをわすれてしまった。

初出一覧

本書を構成する短編作品は、左記の日付で主として「谷口雅宣のウェブサイト」(http://MasanobuTaniguchi.com/)に掲載されたものです。

第一部

こんなところに……　　二〇〇三年三月二十八日
手紙　　二〇〇三年三月十三日
出迎え　　二〇〇三年四月二十三日
ボストン通りの店　　二〇〇六年三月十二日
飼育　　二〇〇三年五月十九日
宙のネズミ　　二〇〇六年十月二十四日

第二部

イミシン　　二〇〇五年十二月二十日

剃り残し ―― 二〇〇六年二月二十六日
新 蜘蛛の糸 ―― 二〇〇二年一月二十三日
恩返し ―― 二〇〇六年一月六日
売り言葉、買い言葉 ―― 二〇〇五年十二月二十二日
エラーメッセージ ―― 二〇〇五年十二月二十六日
アンビバレンス ―― 二〇〇五年十二月十七日

第三部

釈迦と悪魔 ―― 二〇〇二年三月十九日
釈迦と行者 ―― 二〇〇二年四月二十一日
ハエって悪い虫？ ―― 書き下ろし
シカの肉 ―― 書き下ろし
台湾ザル、追わざるか ―― 書き下ろし
サルの心、人間の心 ―― 書き下ろし
ガイコツの踊り ―― 二〇〇八年六月二十四日

第四部

ウサギとカメ ―― 二〇〇九年四月十四日
ウサギの長老 ―― 二〇一〇年十月二十六日
カメの長老 ―― 二〇一〇年十一月三日
ギャオの独り言 ―― 二〇〇八年十月十四日
ぱすわあど ―― 二〇〇八年四月二十日

谷口雅宣短編小説集2

こんなところに……

2011年3月1日　初版第1刷発行

著　者　谷《たに》口《ぐち》雅《まさ》宣《のぶ》
発行者　磯部和男
発行所　宗教法人「生長の家」
東京都渋谷区神宮前1丁目23番30号
電　話（03）3401-0131　http://www.jp.seicho-no-ie.org/
発売元　株式会社　日本教文社
東京都港区赤坂9丁目6番44号
電　話（03）3401-9111
FAX（03）3401-9139
頒布所　財団法人　世界聖典普及協会
東京都港区赤坂9丁目6番33号
電　話（03）3403-1501
FAX（03）3403-8439
印刷・製本　凸版印刷

本書（本文）の紙は循環型の植林木を原料とし、漂白に塩素を使わない
エコパルプ100%で作られています。

落丁・乱丁本はお取替えします。
定価はカバーに表示してあります。

ISBN978-4-531-05265-3